新・知らぬが半兵衛手控帖

古馴染

藤井邦夫

目次

古馴染　新・知らぬが半兵衛手控帖

江戸町奉行所には、与力二十五騎、同心百二十人がおり、南北合わせて三百人ほどの人数がいた。その中で捕物、刑事事件を扱う同心は所謂《いわゆる》〝三廻り同心〟と云い、各奉行所に定町廻り同心六名、臨時廻り同心六名、隠密廻り同心二名とされていた。

臨時廻り同心は、定町廻り同心の予備隊的存在だが職務は全く同じである。そして、定町廻り同心を長年勤めた者がなり、指導、相談に応じる先輩格でもあった。

第一話　雨垂れ

一

夕暮れ。

雨は不意に降り出した。

行き交う人はお店の軒下《のきした》に散り、雨は八丁堀《はっちょうぼり》の流れに小さな輪を重ねた。

八丁堀は江戸湊《えどみなと》の千石船《せんごくぶね》から荷を運ぶ艀《はしけ》を通す為、八丁に渡って広げられた掘割《ほりわり》だ。

白縫半兵衛《しらぬいはんべえ》は、半次《はんじ》や音次郎《おとじろう》と楓川《もみじがわ》に架《か》かる弾正橋《だんじょうばし》を小走りに渡り、八丁堀沿いの道に進んだ。

雨は降り続き、行き交う人は少なくなった。

行く手の家並みの路地から女が傘《かさ》を差さずに現れ、半兵衛たちを一瞥《いちべつ》してよろよろと進んで倒れた。

「わっ、倒れた……」

音次郎は驚いた。

「音次郎……」

半次は音次郎を促《うなが》して、倒れた女の許《もと》に走った。

半兵衛は続いた。


半次と音次郎は、倒れた女に駆け寄った。

「おい、どうした……」

「しっかりしな……」

倒れた女は、質素《しっそ》な形《なり》をした年増《としま》で意識を失って雨に濡《ぬ》れていた。

「どうだ……」

半兵衛が近寄った。

「気を失っています」

「怪我はしていませんが、熱があるようですね……」

半次は眉《まゆ》をひそめた。

「何処《どこ》の誰か分かるか……」

半兵衛は、辺りを見廻した。

「いいえ。界隈《かいわい》では見掛けない年増ですね」

半次は、首を横に振った。

「よし。ならば、私の組屋敷に運ぶか……」

半兵衛は決めた。

「じゃあ、あっしはお医者を……」

「うむ……」

半兵衛は頷《うなず》き、半次は医者の家に走った。

「音次郎……」

「はい……」

半兵衛は、気を失っている質素な形の年増を音次郎に背負わせ、八丁堀北島《きたじま》町《ちょう》の組屋敷に急いだ。

雨は降り続いた。

雨は止んだ。

雨戸の外には、軒先から落ちる雨垂《あまだ》れの音がしていた。

行燈《あんどん》の明かりは、蒲団《ふとん》で眠る年増の横顔を仄《ほの》かに照らしていた。

「ま、今夜一晩眠れば熱は下がるだろう……」

町医者は、年増の診察を終え、盥《たらい》の水で手を洗いながら告げた。

「そいつは良かった」

半兵衛は安堵《あんど》した。

「だが、随分と疲れているようだ。暫《しば》くは無理をさせちゃあならない……」

医者は眉をひそめた。

「そうですか……」

半兵衛は頷いた。

「うむ。では、熱冷ましを飲ませるのを忘れずにな……」

町医者は、そう告げて座敷から出て行った。

「はい。ありがとうございました」

半兵衛は、町医者を見送りに立った。

年増は眠り続けた。

囲炉裏《いろり》の火は燃えた。

半兵衛、半次、音次郎は、酒を飲みながら晩飯を食べていた。

「ま、大した病じゃあなくて良かったですね」

半次は、半兵衛に酌《しゃく》をした。

「うん。熱は明日には下がるそうだが、随分疲れているようだ……」

半兵衛は、酒を啜《すす》った。

「それにしても、名前や素性《すじょう》の分かる物は疎《おろ》か、金も持っていないってのは……」

半次は、微《かす》かな戸惑いを浮かべた。

「何処かから逃げ出して来たんですかね」

音次郎は、飯を食べながら首を捻《ひね》った。

「ま、明日になれば、名や素性、何をしていたかも分かるだろう……」

半兵衛は、手酌で酒を飲んだ。

囲炉裏の火は燃えた。

軒先からの雨垂れは、夜の静寂《しじま》に小さな音を響《ひび》かせていた。

朝陽《あさひ》は雨戸の隙間《すきま》から差し込み、寝間《ねま》の障子《しょうじ》に映《は》えた。

半兵衛は、蒲団に起き上がって大きく背伸びをした。

さあて、廻《まわ》り髪結《かみゆい》の房吉《ふさきち》が来る前に顔を洗うか……。

半兵衛は、蒲団から出た。

味噌汁《みそしる》の香りがした。

「うん……」

半兵衛は戸惑《とまど》い、寝間を出て座敷を覗《のぞ》いた。

座敷に敷かれた蒲団は片付けられ、薬湯《やくとう》の匂いだけが漂《ただよ》っていた。

年増はいない……。

半兵衛は戸惑い、味噌汁の香りのする台所に向かった。

台所の竈《かまど》では釜《かま》が湯気を噴《ふ》き上《あ》げ、質素な形の年増が片襷《かただすき》をして味噌汁を作っていた。

「あれ……」

半兵衛は眉をひそめた。

年増は、半兵衛を振り返った。

「おはようございます。朝御飯、もう直《す》ぐ出来ますので……」

年増は微笑《ほほえ》んだ。

「う、うん。熱、下がったのかな……」

半兵衛は尋《たず》ねた。

「お蔭さまで。お助け頂きましてありがとうございました」

年増は、微笑みながら頭を下げた。

「いや。礼には及ばぬが……」

半兵衛は困惑した。

「旦那、半兵衛の旦那……」

廻り髪結の房吉の声が、居間の庭先から聞こえた。

「おう。房吉か……」

半兵衛は、居間に向かった。

朝陽は溢《あふ》れんばかりに居間に差し込んだ。

廻り髪結の房吉が鬢盥《びんだらい》を提《さ》げ、庭先に佇《たたず》んでいた。

半兵衛は、開けた雨戸を戸袋《とぶくろ》に納めた。

「やあ。おはよう……」

「おはようございます。どうかしたんですか……」

房吉は、白縫家の様子がいつもと違う事に怪訝《けげん》な面持《おもも》ちになった。

「う、うむ。話は後だ。顔を洗って来る」

半兵衛は、縁側《えんがわ》を下りて井戸端《いどばた》に急いだ。

房吉は、縁側に鬢盥を置き、日髪日剃《ひがみひぞり》の仕度《したく》を始めた。

「御苦労さまですね……」

片襷をした年増が居間の戸口で微笑み、台所に立ち去った。

「おはようございます。えっ……」

房吉は、仕度の手を止めずに挨拶《あいさつ》を返した後、年増に気が付いて呆然《ぼうぜん》と台所を見た。

ぱちん。

房吉は、鋏《はさみ》で半兵衛の元結《もとゆい》を切り、髷《まげ》を解《ほぐ》し始めた。

日髪日剃が始まった。

「で、朝になってみると、年増が飯を炊《た》いて、味噌汁を作っていましたか……」

房吉は、解した髪に櫛《くし》を入れ始めた。

「ああ……」

半兵衛は、髪を引かれて仰《の》け反《ぞ》った。

「で、名前は……」

房吉は、半兵衛の髪を引いて櫛で梳《と》かした。

「未《ま》だだ……」

半兵衛は、台所にいる年増を一瞥した。

「名前が未だなら素性もですか……」

房吉は読んだ。

「ああ……」

半兵衛は頷いた。

「そうですか……」

房吉は、慣れた手際《てぎわ》で日髪日剃を進めた。

やがて、半次と音次郎がやって来て、年増が朝飯の仕度をしているのに驚き、困惑した。

「ああ、さっぱりした……」

半兵衛は日髪日剃を終えて、すっきりとした面持ちになった。

房吉は、辺りを片付け始めた。

「で、旦那、年増の名前は……」

半次は戸惑った。

「未だだ……」

半兵衛は苦笑した。

「旦那、親分、房吉さん。朝飯の仕度が出来ましたよ」

音次郎が台所から呼んだ。

「おう。じゃあ、訊《き》いてみるか、名前を……」

半兵衛は立ち上がった。


半兵衛、半次、房吉は、囲炉裏端に座った。

三人の前には飯と野菜の煮物が置かれ、音次郎が味噌汁を持って来た。

「美味《うま》そうですぜ……」

音次郎は、湯気の立ち昇る味噌汁の椀《わん》を半兵衛、半次、房吉の前に置いた。

「さあ、あった物で作った煮物とお味噌汁なので、お口に合うと良いんですが

「……」

　年増は微笑んだ。

「うん……」

　半兵衛は、味噌汁を啜った。

　年増は、半兵衛の反応を待った。

「美味いね……」

　半兵衛は笑った。

「良かった……」

　年増は安堵した。

「で、お前さん、名前は……」

　半兵衛は、年増を見詰めた。

　半次と房吉は見守った。

「えっ、私の名前ですか……」

　年増は、微かな緊張を過《よ》ぎらせた。

「うむ。教えて貰《もら》おうか……」

「は、はい……」

年増が頷いた時、囲炉裏の炭が爆《は》ぜた。

「すみです、おすみです……」

年増は、強張《こわば》った笑みを浮かべて名乗った。

「おすみさんか……」

半兵衛は苦笑した。

「は、はい……」

「じゃあ、おすみさん。次に素性、身許《みもと》を教えて貰おうか……」

半兵衛は尋ねた。

「素性、身許ですか……」

「うむ……」

半兵衛は頷いた。

「お許しください、半兵衛さま……」

おすみと名乗った年増は、両手を突いて頭を下げた。

「私は何も覚えていないのです……」

おすみは告げた。

「覚えていない……」

半兵衛は眉をひそめた。

半次、房吉、音次郎は、顔を見合わせた。

「はい。覚えているのは、雨の降る中を歩き廻った事と、夜明けにこのお屋敷で眼を覚ましてからの事だけなのです」

おすみは項垂《うなだ》れ、哀し気に告げた。

「そうか。覚えているのは、雨の中を歩き廻った事だけか……」

半兵衛は苦笑した。

「はい……」

おすみは頷いた。

「よし、分かった。此《これ》以上は訊くまい。私たちは朝飯を済ませたら仕事に出掛ける。後は好きにするのだな」

半兵衛は告げ、朝飯を食べ始めた。

「半兵衛さま……」

「味噌汁、本当に美味いぞ……」

半兵衛は笑った。

半兵衛、半次、音次郎、房吉は、組屋敷を出た。

「おすみさんですか……」

音次郎は、組屋敷を振り返った。

「炭が爆ぜたのでおすみとは、芸のない話ですね……」

房吉は笑った。

「ああ……」

半兵衛は頷いた。

「じゃあ、あっしは此で……」

房吉は、半兵衛たちに会釈《えしゃく》をして足早に立ち去った。

「良いんですか、旦那……」

半次は眉をひそめた。

「半次、本人が覚えていないと云《い》うんだ。しつこく訊いた処《ところ》で思い出しはしないだろう」

半兵衛は苦笑した。

「そりゃあ、そうかもしれませんが……」

半次は首を捻った。

「それでだ、音次郎。お前、ちょいとおすみに張り付いてみな」

半兵衛は命じた。

「おすみさんにですか……」

音次郎は眉をひそめた。

「うむ。何かを思い出して何処かに行く筈《はず》だ。行き先を突き止めれば、何か分かるかもしれない……」

半兵衛は笑った。

「合点《がってん》です」

音次郎は、張り切って頷いた。

「私と半次は北町奉行所に行き、おすみらしき年増が拘《かか》わっている事件が起きていないか調べてみる。おすみを侮《あなど》らず、呉々《くれぐれ》も気を付けてな」

「分かりました。じゃあ……」

音次郎は、組屋敷の連《つら》なりの路地に入って行った。

半兵衛と半次は、北町奉行所に向かった。

「旦那、おすみは旦那を北町奉行所臨時廻《りんじまわ》り同心の白縫半兵衛さまと知って現れ、何も覚えてないと云っているんですかね」

半次は、首を捻った。

「おそらく、何もかも知っての事だと思うよ」

半兵衛は睨《にら》んだ。

「となると、何かの事件に拘わり、旦那にそれとなく報《しら》せようとしているのか、助けて貰おうとしているのか……」

半次は読んだ。

「ま、おすみが動けば、何か分かるさ……」

半兵衛は、楓川を渡り、日本橋《にほんばし》の通りを横切って外濠《そとぼり》に架かっている呉服橋《ごふくばし》御門に出る。

呉服橋御門内に北町奉行所はあった。

「音次郎、上手《うま》くやれば良いんですが……」

半次は、不安を過《よ》ぎらせた。

「半次、隙間風《すきまかぜ》の父《と》っつあん、五郎八《ごろはち》を呼んで来てくれ」

半兵衛は命じた。

音次郎は、半兵衛の組屋敷を窺《うかが》った。

おすみは、食器を洗って台所を片付け、組屋敷の中や外の掃除《そうじ》をした。

働き者だ……。

音次郎は組屋敷の納屋《なや》に忍び込んで、おすみの様子を窺った。

半兵衛は、北町奉行所でおすみらしき年増の拘わっている事件を探した。だが、定町廻《じようまちまわ》りや臨時廻りの同心たちが扱っている事件の中に、おすみらしき年増が拘わっているものはなかった。

おすみは、半兵衛の組屋敷の戸締《とじ》まりを始めた。

出て行くのか……。

音次郎は読み、おすみを見守った。

おすみは、戸締まりを終えて木戸から出て行った。

さあて、何処に行くのか……。

音次郎は尾行《つけ》た。

半兵衛は、北町奉行所を出て呉服橋御門を進み、日本橋川を渡って一石橋《いちこくばし》の袂（たもと）の蕎麦屋（そばや）の暖簾（のれん）を潜（くぐ）った。

蕎麦屋では、半次と老盗人《ろうぬすつと》の隙間風の五郎八が蕎麦を手繰《たぐ》っていた。

「おう、待たせたかな……」

半兵衛は、五郎八に笑い掛けた。

「いいえ。お久し振りです、旦那……」

五郎八は、半兵衛に白髪《しらが》交じりの小さな髷を載せた頭を下げた。

「お蔭さまで。で、半兵衛の旦那、何か……」

「達者《たつしや》で何より……」

五郎八は笑った。

「五郎八、三十歳前後の年増の盗人を知らないかな……」

半兵衛は尋ねた。

「三十前後の年増の盗人ですか……」

「うむ……」

「さあて、年増の盗人ねえ」

五郎八が眉をひそめた。

「心当たりはないか……」

「ええ。面《つら》を拝《おが》めば、何か分かるかもしれませんが……」

五郎八は告げた。

「うん。そうだな……」

「どうかしたんですか、その年増……」

「名前や素性を忘れたと云って、旦那の処《ところ》に転がり込んで来た」

半次は、厳《きび》しさを過ぎらせた。

「へえ。旦那の処に……」

「ああ……」

「もし、何か魂胆《こんたん》があっての事なら、良い度胸をしているのか、余程《よほど》に追い詰められているのか……」

五郎八は読んだ。

「何《いず》れにしろ、町奉行所同心の組屋敷に逃げ込んだか……」

半兵衛は頷いた。

「ええ。何と云っても、悪党に追われている者にとって八丁堀の組屋敷は極楽ですからね」

五郎八自身、己の首に賞金を懸《か》けられた時、半兵衛の組屋敷に秘かに逃げ込み、隠れていた事があった。

「成《な》る程《ほど》……」

　半兵衛は苦笑した。

「なんでしたら、行ってみましょうか、年増の面を拝みに……」

「そうして貰えると、ありがたいが……」

「旦那。おすみ、もう出て行ったかもしれませんよ」

　半次は眉をひそめた。

「そうか、そうだな……」

　半兵衛は頷いた。

「ま、無駄足になっても構いません。ちょいと行ってみますよ」

　五郎八は、笑みを浮かべた。

「そうか。組屋敷では音次郎がおすみを見張っている」

「分かりました。じゃあ……」

　五郎八は、半兵衛に会釈をして蕎麦屋から出て行った。

「旦那……」

「半次、音次郎と五郎八は、おすみを見張る。お前はその周辺、八丁堀界隈に不審な者がいないか、変わった事がないか探ってみな」

半兵衛は命じた。

二

おすみは、魚屋や八百屋《やおや》などのお店の連なりを見て歩いた。

誰かと繋《つな》ぎを取るつもりなのか……。

音次郎は尾行た。

おすみは、厳しい面持ちでお店を覗き歩いた。

音次郎は、おすみに近付く者や擦《す》れ違《ちが》う者を窺った。

だが、近付く者や擦れ違う者に不審な者はいなかった。

おすみは、連なる店を覗き込みながら進み、半兵衛の屋敷の方に戻り始めた。

戻るのか……。

音次郎は、戸惑いを浮かべた。

おすみは、北島町に向かった。

音次郎は尾行た。

八丁堀は、西を楓川、北を日本橋川、東を亀島川《かめじまがわ》、南を八丁堀に囲まれており、南北両町奉行所の与力同心の組屋敷が広い範囲にあった。

おすみは、八丁堀の通りを北に進んだ。

北には日本橋川があり、南茅場町《みなみかやばちょう》の大番屋《おおばんや》があった。

音次郎は、おすみを慎重に尾行た。

おすみは立ち止まった。

音次郎は、素早く物陰に隠れた。

おすみは、地蔵橋《じぞうばし》の袂に佇《たたず》んで掘割沿いに並ぶ組屋敷を見詰めていた。

音次郎は、おすみの視線の先を追った。

視線の先には一軒の組屋敷があり、木戸門の前を御新造《ごしんぞう》と幼い女の子が楽し気に掃除をしていた。

御新造と幼い女の子は母子……。

音次郎は、おすみが掃除をする母子を見詰めているのに気が付いた。

おすみは、哀し気に顔を歪《ゆが》めてしゃがみ込んだ。

どうした……。

音次郎は眉をひそめた。

「どうかされましたか……」

掃除をしていた御新造が、地蔵橋の袂にしゃがみ込んだおすみに駆け寄ろうとした。

「いえ。何でもありません……」

おすみは立ち上がり、慌《あわ》てて地蔵橋の袂から立ち去った。

音次郎は追った。

おすみは、着物の袂で涙を拭《ぬぐ》いながら足早に進んだ。

音次郎は追った。

おすみは、北島町の組屋敷の木戸門を潜った。

音次郎は見届けた。

おすみの潜った木戸門は、半兵衛の組屋敷のものだった。

おすみは、半兵衛の旦那の組屋敷に戻ったのだ。

音次郎は知った。

「あの年増かい……」

隙間風の五郎八が、音次郎の後ろに現れた。

「あ、五郎八の父っつあん……」

音次郎は戸惑った。

「知らん顔の旦那に年増の面を検《あらた》めるように頼まれてな」

五郎八は笑った。

「で、どうですか……」

「見覚えがあるような、ないような……」

五郎八は首を捻った。

「分かりませんか……」

「ああ。ちょいと見張ってみるか……」

五郎八は、半兵衛の組屋敷を眺《なが》めた。

「父っつあんが見張る……」

「ああ。忍び込んでな……」

五郎八は苦笑した。

掘割の流れは澱《よど》んでいた。

音次郎は、おすみの見張りを五郎八に頼み、掘割沿いの組屋敷の主《あるじ》が誰か突き止めに戻った。

音次郎は、地蔵橋の袂に佇んで掘割沿いの組屋敷を眺めた。

御新造や幼い女の子はいなく、組屋敷は静寂に覆《おお》われていた。

誰の組屋敷なのか……。

音次郎は、辺りを見廻した。

掘割を挟んだ組屋敷から老下男が現れ、木戸門の前の掃除を始めた。

よし……。

音次郎は、老下男に駆け寄った。

老下男は、駆け寄った音次郎に怪訝な眼を向けた。

「ちょいとお尋ね致しますが……」

音次郎は、懐《ふところ》の十手《じって》を見せた。

「あ、何ですか……」

「掘割の向こうの組屋敷は、何方《どなた》のお屋敷ですか……」

音次郎は、御新造と幼い女の子が木戸門の前を掃除していた組屋敷を示した。

「ああ。あそこは、松村恭之介《まつむらきょうのすけ》さまの組屋敷ですよ」

「松村恭之介さま……」

「ええ。北町奉行所の同心の方ですよ」

「北町奉行所の……。何のお役目の同心か、お分かりですか……」

「さあ、そこ迄《まで》は……」

老下男は眉をひそめた。

しつこい聞き込みは不審を買う……。

「そうですか。御造作をお掛け致しました」

音次郎は、礼を云ってその場を離れた。

北町奉行所同心の松村恭之介……。

何の役目の同心かは、半兵衛の旦那に訊けば分かる。

それより、おすみは松村恭之介と何らかの拘《かか》わりがあるのだ。

どんな拘わりなのか……。

それは、半兵衛の組屋敷に転がり込んだ事とも拘わりがあるのか……。

音次郎は、想いを巡らせた。

おすみは、洗濯をし、台所の掃除と片付けを念入りにしていた。

五郎八は、庭にある納屋の陰から見守った。

良く働く年増だ……。

五郎八は感心した。

年増のおすみの顔には見覚えがあった。だが、何処の誰で、何者かは思い出せずにいた。

半次は、八丁堀界隈に不審な者が現れたり、不審な事が起きていないか聞き込みを掛けた。

だが、取《と》り立《た》てて不審な者はいなく、不審な事も起きていなかった。

半次は、尚も聞き込みを掛けた。

「親分……」

音次郎が駆け寄って来た。

「おう。どうした……」

半次は、音次郎を迎えた。

「おすみ、一度出掛けましてね。今は旦那の組屋敷に戻ってます」

「戻った……」

半次は、戸惑いを浮かべた。

「ええ。今、五郎八の父っつあんが見張っています」

「で、お前は何をしているんだ……」

「おすみ、出掛けた時、地蔵橋の掘割沿いの組屋敷を見詰めていましてね。そいつが誰の組屋敷か突き止めに……」

「で、誰の組屋敷か分かったのか……」

「はい。北町奉行所同心の松村恭之介さまの組屋敷でした」

音次郎は告げた。

「北町同心の松村恭之介さま……」

半次は眉をひそめた。

「はい。知っていますか……」

「さあて、余り聞かない名前だな……」

江戸の町奉行所には、同心が百二十名程いるが、その中で捕物《とりもの》に携《たずさ》わる定町廻りや臨時廻りは、それぞれ六名の十二名であり、半次は名前も知っていた。

北町奉行所同心の松村恭之介は、その十二名の中にはいなかった。

「じゃあ、捕物に拘わりのないお役目の同心の方なんですかね」

町奉行所には、司法より行政の役所としての役目の方が重く、多くの内勤の同心がいた。

「うん……」

「それより、親分は……」

音次郎は尋ねた。

「うん。旦那が八丁堀に不審な者や不審な事がないか調べろと仰《おつしや》ってな……」

「不審な者や不審な事ですか……」

「うん。音次郎、おすみは、地蔵橋の掘割沿いにある松村恭之介さまの組屋敷を見詰めていたのだな……」

半次は念を押した。

「はい……」

音次郎は頷いた。

「よし、音次郎。松村恭之介さまの組屋敷に案内しな」

半次は命じた。

半次と音次郎は、地蔵橋の掘割にやって来た。

派手な半纏《はんてん》を着た男が地蔵橋の袂に佇み、掘割沿いにある組屋敷を見ていた。

「えっ……」

音次郎は眉をひそめた。

派手な半纏を着た男は、音次郎と半次に気が付き、足早に立ち去った。

「何だ、あいつ……」

「親分、今の半纏野郎、松村恭之介さまの組屋敷を見ていたようです」

音次郎は報せた。

「何……」

半次は眉をひそめた。

「よし、音次郎。俺は今の半纏野郎を追う。お前は此《こ》の事を半兵衛の旦那にな……」

「承知……」

「じゃあな……」

半次は、派手な半纏を着た男を追った。

派手な半纏を着た男は、北島町の通りを抜け、熊本《くまもと》藩江戸下屋敷の脇を通って楓川に出た。

おすみに続き、松村恭之介の組屋敷を窺っていた派手な半纏を着た男……。
松村恭之介と拘わりがあるのか……。
そして、おすみとも……。
半次は尾行た。
派手な半纏を着た男は、楓川に架かってる新場橋《しんばばし》を渡り、日本橋の通りに向かった。

おすみは、水を汲《く》み、米を研《と》ぎ、野菜を洗い、台所仕事に励《はげ》んでいた。
五郎八は見張った。
晩飯を作るつもりか……。
五郎八は苦笑した。

派手な半纏を着た男は、日本橋の通りを北に進んだ。
日本橋、室町《むろまち》、神田《かんだ》鍛冶町、神田鍋町《なべちょう》、神田須田町《すだちょう》……。
派手な半纏を着た男は、神田須田町から神田八《や》ツ小路《こうじ》に進んだ。
半次は、慎重に尾行た。

派手な半纏を着た男は、神田川に架かっている昌平橋《しょうへいばし》を渡り、神田明神《かんだみょうじん》に向かった。

神田明神か……。

半次は追った。


「松村恭之介……」

半兵衛は眉をひそめた。

「はい。おすみは旦那の組屋敷から出掛けて辺りを廻り、八丁堀は地蔵橋の掘割沿いにある松村さまの組屋敷に行き、楽しそうに門前の掃除をする御新造と幼い女の子を見て……」

「私の組屋敷に戻ったか……」

半兵衛は読んだ。

「はい。そして、派手な半纏を着た野郎が松村さまの組屋敷に現れ、半次の親分が追いました」

音次郎は報せた。

「派手な半纏を着た野郎……」

「して、半次が追ったか……」

「はい。処《ところ》で旦那、松村恭之介さまは北町奉行所同心だと伺《うかが》いましたが、御存知ですか」

「勿論《もちろん》だ。して、音次郎。おすみは松村の組屋敷を眺めていたのだな」

半兵衛は眉をひそめた。

「はい……」

「音次郎、松村恭之介は北町奉行所隠密廻《おんみつまわ》り同心だ」

半兵衛は告げた。

「隠密廻り同心……」

音次郎は知った。

「うむ……」

〝隠密廻り同心〟とは、定町廻りや臨時廻りと同じ、〝三廻り同心〟であり、隠密裏に事件探索をするのが役目で各町奉行所に二人いた。

松村恭之介は、北町奉行所に二人いる隠密廻り同心の一人なのだ。

「そうでしたか、松村さまは隠密廻り同心でしたか……」

音次郎は知った。

「じゃあ、おすみは隠密探索をしている松村さまと何処かで知り合ったんですかね」

「うむ……」

音次郎は首を捻った。

「さあて、松村恭之介、何を探索しているのか……」

半兵衛は、厳しさを過《よ》ぎらせた。

隠密廻り同心は、町奉行や与力からの命を受けて秘かに探索を始め、その内容は他の同心の知る処ではなかった。


北町奉行所用部屋の障子には、陽差しが映えて揺れていた。

「大久保《おおくぼ》さま……」

半兵衛は、北町奉行所吟味方与力《ぎんみかたよりき》の大久保忠左衛門《ちゅうざえもん》の用部屋を訪れた。

「何だ。半兵衛か……」

忠左衛門は、文机《ふづくえ》で書類を書いていた筆を動かしながら尋ねた。

「はい。ちょいとお尋ねしたい事がありまして……」

「尋ねたい事……」

「はい……」

「それは何かな……」

忠左衛門は筆を置き、半兵衛を振り向いて筋張《すじば》った細い首を伸ばした。

「隠密廻りの松村恭之介、今どのような探索をしているのですか……」

半兵衛は、忠左衛門を見据《みす》えて尋ねた。

「半兵衛、隠密廻りの松村がどのような隠密探索をしているのかは、臨時廻りのその方の知る処ではない」

忠左衛門は、細い首の筋を伸ばして告げた。

「それは存じておりますが、松村恭之介の組屋敷を窺う者共が現れましてね……」

半兵衛は、忠左衛門を見据えた。

「な、何と。松村の組屋敷を窺う者だと……」

忠左衛門は、嗄《しやが》れ声を引《ひ》き攣《つ》らせた。

「はい。もしも、松村が隠密探索をしている一件と拘わりがあったなら、御新造や子供も危ない目に遭《あ》うかも……」

半兵衛は読んだ。

「ならぬ。それはならぬぞ、半兵衛……」

忠左衛門は、細い首の筋を激しく引き攣らせた。

「ならば大久保さま。松村はどのような隠密探索をしているのか、教えて頂きたい……」

「は、半兵衛……」

「大久保さま、手遅れにならぬ内に……」

半兵衛は、食い下がった。

「盗賊だ……」

忠左衛門は、細い首の筋を伸ばして苦しそうに告げた。

「盗賊……」

「うむ。湯島《ゆしま》の料理屋梅村《うめむら》が、関八州《かんはっしゅう》を荒し廻っている外道働《げどうばたら》きの盗賊鬼不動《おにふどう》一味の盗人宿《ぬすっとやど》ではないかと垂《た》れ込《こ》みがあってな」

「盗賊の鬼不動一味の盗人宿……」

半兵衛は眉をひそめた。

「うむ。隠密廻り同心の松村恭之介は、秘かに料理屋梅村に近付き、盗賊鬼不動一味かどうか、潜入探索をしているのだ」

忠左衛門は、細い筋張った首を伸ばして告げた。

「そうでしたか……」

半兵衛は、松村恭之介の隠密探索を知った。

ならば、おすみと派手な半纏を着た男は、松村恭之介が隠密探索をしている盗賊鬼不動一味の者なのかもしれない。

もし、そうだとしたなら、事態は思いの外に進んでいるのか……。

半兵衛は読んだ。


神田明神の境内《けいだい》は、多くの参拝客《さんぱいきやく》で賑《にぎ》わっていた。

派手な半纏を着た男は、拝殿《はいでん》に手を合わせる事もなく境内の片隅にある茶店に入り、茶を注文して縁台《えんだい》に腰掛けた。

半次は、石燈籠《いしどうろう》の陰から派手な半纏を着た男を見張った。

誰かと落ち合うつもりか……。

半次は、派手な半纏を着た男を見守った。

派手な半纏を着た男は、運ばれた茶を飲みながら参道を行き交う人々を眺めた。

よし……。

半次は、石燈籠の陰を出て茶店に入って茶を頼み、派手な半纏を着た男に背を向けて腰掛けた。

僅《わず》かな刻が過ぎた。

茶店の前を多くの参拝客が行き交った。

「おう。待たせたな、安吉《やすきち》……」

お店者風《たなものふう》の中年男がやって来て、派手な半纏を着た男を安吉と呼んだ。

「こりゃあ、松蔵《まつぞう》の兄い……」

派手な半纏を着た安吉は、お店者風の中年男の松蔵を腰を屈《かが》めて迎えた。

半次は、二人の名を知った。

松蔵は、茶店の者に茶を注文して縁台に腰掛けた。

「で、どうだった……」

松蔵は、安吉に尋ねた。

「組屋敷は静かなもんでしてね。今日の処は良く分かりませんでしたが、何しろ八丁堀ですので、気が抜けなくていけませんぜ」

安吉は苦笑した。

「脛《すね》に傷を持つ身には辛《つら》いか……」

「ええ……」

安吉は頷いた。

「で、おまさはいたか……」

松蔵は訊いた。

「らしい女は見掛けられていましたが、おまさかどうかは、未だ分かりません」

安吉は告げた。

「そうか……」

「出来るだけ早く見付けます」

「ああ。そうしてくれ……」

安吉は、松蔵に頼まれて八丁堀の松村恭之介の組屋敷を探り、おまさと云う名の女を捜している。

半次は、安吉と松蔵に背を向け、茶を啜りながら聞いた。

安吉と松蔵は何者なのか……。

おまさとは、おすみの事なのか……。

半次は、想いを巡らせた。

三

刻が過ぎた。

松蔵は、紙に包んだ金を安吉に渡した。

「こりゃあ、畏《おそ》れ入《い》ります」

安吉は、腰を屈めて受け取った。

「じゃあ、早い処、頼むぜ……」

松蔵は、安吉を茶店に残し、羽織《はおり》を翻《ひるがえ》して鳥居《とりい》に向かった。

半次は迷った。

松蔵を追うか、引き続き安吉を尾行るか……。

半次は決め、松蔵を追った。

松蔵は、神田明神の鳥居を潜って門前町を抜け、湯島一丁目の通りを渡った。

半次は、尾行した。

松蔵は、周囲を窺い、時々振り返って尾行を警戒しながら進んだ。

堅気《かたぎ》じゃない……。
半次は、松蔵の警戒ぶりを読んだ。
松蔵は、湯島横町《よこちょう》に進んで板塀に囲まれた料理屋の木戸門を潜った。
半次は見届けた。
そして、料理屋の木戸門に掲《かか》げられている暖簾に染め抜かれている屋号を読んだ。
「梅村か……」
半次は、松蔵が料理屋『梅村』の者だと見定めた。
料理屋『梅村』とは、どのような店なのだ。
よし……。
半次は、料理屋『梅村』を調べる事にした。
夕陽が格子窓《こうしまど》から差し込んだ。
半兵衛の組屋敷には、炊き立ての飯と味噌汁の美味そうな香りが漂った。
おすみは、飯と味噌汁を作り、框《かまち》に腰掛けて哀し気な吐息《といき》を洩《も》らした。
「申し訳ありません……」

おすみは呟《つぶや》き、片襷を外して框から立ち上がった。そして、組屋敷の奥に深々と頭を下げて勝手口から出て行った。

出て行くつもりかな……。
隙間風の五郎八は、勝手口を出て木戸門に行くおすみを物陰から見守った。

八丁堀の組屋敷街は夕暮れに染まった。
五郎八は、半兵衛の組屋敷の木戸門を出た。
おすみは、組屋敷街の通りを重い足取りで南茅場町に向かっていた。
さあて、何処に行くのか……。
五郎八は、おすみを追った。

料理屋『梅村』に客の出入りは少なかった。
半次は見張った。
背後に人の来る気配がした。
半次は、素早く物陰に潜《ひそ》んで夕暮れを透《す》かし見た。

やって来たのは、音次郎と半兵衛だった。

「旦那、音次郎……」

半次は、駆け寄った。

「おう、半次か……」

半兵衛は、半次に気が付いた。

「はい。旦那……」

半次は、半兵衛と音次郎がやって来たのに戸惑った。

「うん。あそこか、料理屋梅村は……」

半兵衛は、料理屋『梅村』を示した。

「はい。松村さまの組屋敷を窺っていた安吉って半纏野郎を追って来たら松蔵って胡散臭《うさんくさ》い野郎と神田明神で落ち合い、おまさって女を捜しているのが分かりましてね……」

「おまさ……」

半兵衛は眉をひそめた。

「ええ。ひょっとしたら、おすみの事かもしれません」

半次は読んだ。

「おそらくな……」

半兵衛は頷いた。

「で、旦那はどうして此処《ここ》に……」

半次は訊いた。

「うむ。松村恭之介は隠密廻り同心でね……」

「隠密廻り同心……」

半次は、隠密廻り同心がどのような役目か知っていた。

「ああ。で、料理屋梅村が盗賊鬼不動一味の盗人宿だとの垂れ込みがあり、秘かに探索をしていると聞いてね……」

半兵衛は告げた。

「じゃあ、おすみや安吉が松村さまの組屋敷を窺っているのは、盗賊鬼不動一味と拘わりがあっての事ですか……」

半次は緊張した。

「きっとな……」

半兵衛は頷いた。

「旦那、親分……」

料理屋『梅村』を見張っていた音次郎が、半兵衛と半次に緊張した声を掛けた。

半兵衛と半次は、料理屋『梅村』を見た。

料理屋『梅村』から松蔵と総髪《そうはつ》の浪人が出て来た。

「松蔵です……」

半次は囁《ささや》いた。

「うむ。浪人は松村恭之介だ……」

半兵衛は見定めた。

松蔵と一緒に出て来た総髪の浪人は、北町奉行所隠密廻り同心の松村恭之介だった。

松蔵と松村恭之介は、神田川に向かった。

「半次、音次郎……」

半兵衛は、半次と音次郎を先に追わせ、後に続いた。

神田川の流れに月影は揺れた。

松蔵と松村恭之介は、神田川の岸辺に佇んだ。

「で、用ってのは何ですかい、片平《かたひら》の旦那……」

松蔵は、松村恭之介に笑い掛けた。

「うむ。他でもない、松蔵。おまさがどうしたのか、知っているか……」

恭之介は尋ねた。

「ああ。おまさですかい……」

「うむ……」

「おまさなら、小頭《こがしら》に云われて、ちょいと用足しに出掛けたそうですよ」

松蔵は告げた。

「何処に……」

「さあ。そいつは知りませんぜ」

松蔵は、小狡《こずる》そうな笑みを浮かべた。

「知らぬか……」

恭之介は、肩を落とした。

「ええ。処で片平の旦那。松村恭之介ってお侍を知っていますかい……」

松蔵は、恭之介に探る眼を向けた。

「松村恭之介……」

恭之介は、衝《つ》き上《あ》がる動揺を必死に抑えた。

「ええ……」

「知らぬが、何者なのだ……」

恭之介は、必死に惚《とぼ》けた。

「そうですか、知りませんか……」

松蔵は、恭之介を冷ややかに見詰めた。

「ああ……」

恭之介は頷いた。

「でしたら、片平の旦那。おまさの店で大人しく帰りを待っているんですね」

松蔵は、薄笑いを浮かべた。

「う、うむ……」

「じゃあ、片平の旦那、御免なすって……」

松蔵は、軽い足取りでその場を離れた。

「旦那……」

半次は、半兵衛の指図を待った。

「よし。半次、松蔵を追ってくれ。音次郎は料理屋の梅村を見張れ。私は松村を追う……」

「承知……」

半次は松蔵を追い、音次郎は料理屋『梅村』に向かった。

半兵衛は、神田川の岸辺に佇む松村恭之介を見詰めた。

神田川に船行燈《ふなあんどん》の明かりが浮かび、櫓《ろ》の軋《きし》みが響いた。

松村恭之介は、神田川沿いの道を湯島の学問所の方に向かった。

半兵衛は追った。


音次郎は、料理屋『梅村』に戻った。

料理屋『梅村』は静かであり、三味線《しゃみせん》の爪弾《つまび》きが洩れていた。

音次郎は、物陰に潜んで見張りに就《つ》いた。


松蔵は、神田川沿いの道から明神下の通りに進み、不忍池《しのばずのいけ》に向かった。そして、不忍池の畔《ほとり》の寺町に入り、或《あ》る寺の裏門を潜った。そして、三下《さんした》に迎えられて寺の裏庭にある小さな家作《かさく》に入った。

賭場《とば》か……。

半次は見定めた。


湯島天神門前町の盛り場は、酔客《すいきやく》の笑い声と酌婦《しやくふ》の嬌声《きようせい》に満ちていた。

松村恭之介は、盛り場の賑わいを進んで奥の路地に入った。

奥の路地には、小さな飲み屋が明かりを灯《とも》さず、暗く沈んでいた。

松村恭之介は佇み、暗い小さな飲み屋を見詰めて小さな吐息を洩らした。

「松村……」

恭之介は、小さな呼び掛けに振り返った。

「此処では片平の方が良いのかな……」

半兵衛が、暗がりから現れた。

「半兵衛さん……」

恭之介は、辺りを見廻し窺った。

「心配するな。尾行て来る者はいない」

半兵衛は告げた。

「そうですか……」

恭之介は苦笑した。

「松村、此処がおまさの店かい……」

半兵衛は、暗い小さな店を眺めた。

「半兵衛さん……」

恭之介は、戸惑いを浮かべた。

「昨日の夕方、不意に雨が降っただろう……」

半兵衛は、話を始めた。

「ええ……」

恭之介は、微かな戸惑いを浮かべて頷いた。

「その時、八丁堀の組屋敷の近くで、雨に濡れて倒れた年増と出逢ってね……」

「雨に濡れた年増……」

恭之介は眉をひそめた。

「ああ。で、年増を私の組屋敷に運び、医者に診《み》せた……」

「で、年増は……」

「医者の診立てでは、熱も大した事はなく酷《ひど》く疲れているだけだと……」

「そうですか……」

　恭之介は、微かな安堵を過《よ》ぎらせた。

「で、年増は今朝方早く眼を覚まし、私たちの朝飯を作ってくれて、名前を訊くとおすみと名乗った……」

「おすみ……」

「うん。偽名だってのは直《す》ぐに分かった。して、そのおすみは、私たちが出掛けた後、地蔵橋の袂に行き、掘割沿いの組屋敷を眺めていた……」

　半兵衛は、恭之介を見据えて告げた。

「掘割沿いの組屋敷……」

　恭之介は、顔色を変えた。

「ああ。だが、おすみは組屋敷の御新造と幼い娘を見て、私の組屋敷に戻った……」

「そうですか……」

「で、その後、安吉って奴が、やはり掘割沿いの組屋敷を窺いに来た……」

　半兵衛は告げた。

「安吉……」

恭之介は狼狽《うろた》えた。

「安吉、知っているのか……」

「所の博奕打《ばくちう》ちで、盗賊鬼不動の息の掛かっている奴です」

「やはりな……」

半兵衛は頷いた。

「半兵衛さん……」

「恭之介、おすみは盗賊鬼不動一味のおまさだな……」

「きっと……」

恭之介は頷いた。

「して、恭之介。お前はおまさに取り入り、盗賊鬼不動一味に近付いたか……」

半兵衛は読んだ。

「半兵衛さん、一味の頭《かしら》の鬼不動の龍平《りゅうへい》は未だ現れないのです……」

恭之介は、微かな焦《あせ》りを滲《にじ》ませた。

「恭之介、鬼不動一味の松蔵たちは、おまさの新しい情夫《おとこ》の片平なる浪人を疑い始めた……」

半兵衛は、厳しさを過ぎらせた。

「半兵衛さん……」

　恭之介は緊張した。

「恭之介、浪人の片平が北町奉行所隠密廻り同心の松村恭之介だと知れれば、お前は云うに及ばず、御新造や子供にも累《るい》が及ぶだろう」

　半兵衛は睨んだ。

「半兵衛さん……」

　恭之介は、声を引き攣らせた。

「後は私が引き受ける。お前は出来るだけ早く御新造と子供を連れて姿を隠すのだな」

「ですが、そんな真似をすれば、おまさが……」

　恭之介は、苦しく顔を歪めた。

「恭之介……」

　半兵衛は眉をひそめた。

　外濠、鎌倉河岸《かまくらがし》には人気《ひとけ》はなく、水面《みなも》に映《うつ》る月影は吹き抜ける夜風に揺れた。

　おすみは、町を当てもなく彷徨《さまよ》い、竜閑橋《りゅうかんばし》を渡って鎌倉河岸に進んだ。

隙間風の五郎八は、おすみを尾行《つけ》て鎌倉河岸にやって来た。

おすみは、鎌倉河岸を進み、大戸を閉めている問屋場《といやば》の隣の小さな煙草屋《たばこや》の雨戸を叩いた。

五郎八は、物陰の暗がりから見守った。

小さな煙草屋の雨戸が開き、老爺《ろうや》が顔を出した。

あの爺《じじ》い……。

五郎八は、老爺を知っていた。

おすみは、老爺に挨拶をして何事かを頼んでいた。

老爺は頷き、おすみを煙草屋に入れ、夜の暗がりを鋭《するど》い眼差しで見廻して雨戸を閉めた。

盗賊鬼不動一味の国分《こくぶ》の彦六《ひころく》……。

五郎八は、煙草屋の老爺が盗賊鬼不動一味の国分の彦六だと気が付いた。

となると、おすみも鬼不動一味の女盗賊なのだ……。

五郎八は見定めた。

賭場は、博奕を打つ客たちの熱気と煙草の煙に満ちていた。

半次は、盆茣蓙《ぼんござ》を囲んで駒札《こまふだ》を張りながら次《つぎ》の間《ま》で酒を飲んでいる松蔵を窺った。

松蔵は、早々に博奕を切り上げ、次の間に仕度された酒を飲み始めた。

誰かが来るのを待っているのか……。

半次は読んだ。

松蔵は、出入りする者を窺いながら酒を飲んでいた。

誰を待っているのだ……。

半次は、松蔵を窺いながら駒札を張り続けた。

何故か博奕は勝ち続けた。

半次は苦笑した。


囲炉裏の火は燃え上がった。

「して、おすみは、盗賊鬼不動一味の国分の彦六の煙草屋に入ったのだな」

半兵衛は、隙間風の五郎八の報せを受けた。

「ええ、当てもなく彷徨った挙句《あげく》に。で、今夜はもう動かないと見定めましたよ」

五郎八は報せた。

「そうか。御苦労だったな」

半兵衛は、湯飲茶碗に酒を満たして五郎八に差し出した。

「頂きます……」

五郎八は、嬉《うれ》しそうに酒を啜った。

「五郎八、どうやらおすみは鬼不動一味の女盗賊のおまさのようだ」

「女盗賊のおまさ……」

五郎八は眉をひそめた。

「ああ。五郎八、御苦労だが、明日もおすみを見張ってくれ」

「合点だ……」

五郎八は、楽しそうに酒を飲んだ。

半兵衛は苦笑し、お櫃《ひつ》に入れられた飯と鍋の味噌汁に気が付いた。

「おすみが炊いた飯と作った味噌汁です。迷惑を掛けたせめてもの詫《わ》びのつもりなんでしょう」

五郎八は告げた。

「詫びのつもりか……」

哀しい女だ……。

半兵衛は眉をひそめた。

半次は、盆莫蓙を離れて次の間に行った。

「ちょいと御免なすって……」

半次は、松蔵に断わりを入れて湯飲茶碗に酒を満たした。

「今夜は付いているようだね」

松蔵は、酒を啜りながら半次に笑い掛けた。

「お蔭さまで。お前さんは……」

半次は笑った。

「さあて、あっしの勝ち負け、付きがあるかどうかは、此《これ》からでね」

松蔵は苦笑した。

「此から……」

半次は、微かな戸惑いを覚えた。

「おっ。どうやら、あっしにも付きはあったようだ」

松蔵は、入って来た大柄な浪人を見て湯飲茶碗を置いた。

「そいつは良かった……」

半次は、笑みを浮かべて見せた。

「お久し振りです。森山《もりやま》の旦那……」

松蔵は、大柄な浪人の森山に近寄った。

森山……。

おそらく、人斬りを生業《なりわい》にしている浪人なのだ。

半次は読み、酒を飲みながら松蔵と森山を窺った。

賭場は熱気に満ちた。


料理屋『梅村』は、相変わらず客が少なかった。

音次郎は、暗がりに潜んで見張りを続けていた。

二人の旦那風の男が、女将《おかみ》や仲居《なかい》、下足番《げそくばん》たちに見送られて帰って行った。

女将と仲居たちは見送り、下足番を残して店に戻って行った。

下足番は、店先の掃除をしながら警戒する眼で辺りを見廻した。

堅気の眼付きじゃあねえや……。

音次郎は苦笑した。

小柄《こがら》な男が四角い荷物を背負い、菅笠《すげがさ》を被《かぶ》ってやって来た。

「此《これ》は此《これ》は、おいでなさいまし……」

下足番は、小柄な男に駆け寄って四角い荷物を預かった。

「狭山《さやま》の茶っ葉だよ」

小柄な男は、菅笠を取って下足番に告げた。

「はい、旦那。女将さん、狭山の大旦那さまがお見えです」

下足番は、料理屋『梅村』の奥に叫んだ。

白髪髷の小柄な男は、何気ない眼差しで辺りを窺い、料理屋『梅村』に入った。

狭山の大旦那……。

音次郎は見送った。

四

夜は更《ふ》けた。

湯島天神門前町の盛り場は、明かりを消した店も増えて酔客も減った。

松蔵は、浪人の森山源八郎《げんぱちろう》と連なる飲み屋の間を進んだ。

半次は、連なる飲み屋の軒下伝いに追った。

松蔵は、浪人の森山を飲み屋の連なりの奥に誘《いざな》い、路地を曲がった。

半次は追った。


松蔵と浪人の森山は、路地にある暗い小さな飲み屋の前に佇んだ。

「森山の旦那、奴がいるかどうか、ちょいと見て来ます」

松蔵は、浪人の森山を残し、暗い小さな飲み屋の裏に廻って行った。

浪人の森山は、欠伸《あくび》をしながら松蔵が戻るのを待った。

僅かな刻が過ぎ、松蔵が戻って来た。

「どうだ……」

「片平、いるようです」

松蔵は告げた。

「その片平を斬り棄てれば良いのだな」

「ええ……」

「よし。案内しろ……」

森山は、刀の鯉口《こいぐち》を切り、松蔵に誘われて小さな飲み屋の裏に廻って行った。

小さな飲み屋には、片平こと松村恭之介がおり、松蔵は浪人の森山を雇って始末をしに来たのか……。

半次は睨み、小さな飲み屋を窺った。

不意に小さな飲み屋から物音がし、店の腰高障子《こしだか》を蹴倒《けたお》して浪人の片平こと松村恭之介が飛び出して来た。

追って浪人の森山が現れ、松村に鋭く斬り掛かった。

松村は、刀を抜いて斬り結んだ。

森山は押した。

松村は、必死に斬り結んだ。

松蔵が、松村の背後から匕首《あいくち》で突き掛かった。

松村は咄嗟《とっさ》に躱《かわ》したが、足を取られて倒れた。

森山は、冷笑を浮かべて松村に刀を振《ふ》り翳《かざ》した。

刹那《せつな》、呼《よ》び子笛《こぶえ》が夜空に甲高《かんだか》く鳴り響いた。

森山と松蔵は怯《ひる》んだ。

呼び子笛は鳴り続け、酔っ払いが集まって来た。

「森山の旦那……」

「退《ど》け……」

森山は、集まった酔っ払いを蹴散らして逃げた。

松蔵は続いた。

松村は、立ち上がって刀を納めた。

どうやら素性が知れたようだ……。

半兵衛さんの云う通り、姿を隠すべきなのかもしれない……。

松村は、暗い小さな飲み屋を振り返った。

おまさは何処にいるのだ……。

松村は、不安に衝き上げられた。


料理屋『梅村』の下足番は、暖簾を外して軒行燈《のきあんどん》の火を消した。

音次郎は見守った。

松蔵と浪人の森山がやって来た。

「松蔵の兄貴、狭山の大旦那がお見えですぜ」

下足番は迎えた。

「そうか。さあ、どうぞ、森山の旦那……」

松蔵は、森山を連れて料理屋『梅村』に入って行った。

音次郎は見届けた。

「音次郎……」

半次が現れた。

「親分……」

音次郎は迎えた。

「松蔵と浪人、梅村に入ったか……」

半次は、料理屋『梅村』を見詰めた。


「狭山の大旦那か……」

半兵衛は眉をひそめた。

「はい。白髪髷で眼付きの鋭い小柄な男です」

音次郎は、おすみの炊いた飯に味噌汁を掛けて美味そうに掻《か》き込《こ》んだ。

「白髪髷で眼付きの鋭い小柄な男か……」

五郎八は苦笑した。

「五郎八……」

半兵衛は促した。

「そいつは、盗賊の鬼不動の龍平に間違いありませんぜ」

五郎八は笑った。

「あの大旦那が鬼不動の龍平ですか……」

音次郎は、飯を食う箸《はし》を止めた。

「ああ……」

「漸《よう》く現れたか、鬼不動の龍平……」

半兵衛は頷いた。

「で、旦那。松蔵の野郎が賭場で森山って人斬り浪人を雇い、湯島天神門前町にある飲み屋にいる松村恭之介さまを襲いましたよ」

半次は報せた。

「恭之介が襲われた……」

半兵衛は、松村恭之介の素性が割れたのを知った。

「はい。あっしが呼び子笛を吹き鳴らして邪魔をしましたがね」

半次は笑った。

「そいつは良かった……」

半兵衛は頷いた。

「ですが、相手は盗賊、松村さまの素性を知り、どんな手を使ってでも殺しに……」

半次は読んだ。

「うむ。よし、半次と音次郎は引き続き料理屋梅村を見張れ。私は松村恭之介を捜し、此の事を伝える……」

「承知……」

半次と音次郎は頷いた。

「五郎八は、おすみことおまさをな……」

「ええ……」

五郎八は頷いた。

「旦那、松村さまの御新造とお子さんは……」

半次は眉をひそめた。

「そいつだが、柳橋《やなぎばし》に相談してみる……」

「そいつが良いですね」

半次は頷いた。

岡《おか》っ引《ぴき》の柳橋の弥平次《やへいじ》の営《いとな》む船宿《ふなやど》『笹舟《ささぶね》』に預《あず》かって貰うか、力を借りるか……。
半兵衛は、外道働きの鬼不動の龍平が追い詰められて思わぬ凶行《きようこう》に走るのを恐れた。

朝の鎌倉河岸は、荷船からの荷下《にお》ろし荷積《にづ》みの人足たちが忙《いそが》しく働いていた。
五郎八は、片隅にある彦六の煙草屋の見張りに就いた。
煙草屋は雨戸を閉め、未だ店を開けていなかった。
安吉が町駕籠《まちかご》を従え、煙草屋にやって来た。
五郎八は眉をひそめた。
安吉は、煙草屋の雨戸を叩いた。
雨戸が開き、彦六が顔を出した。
安吉は、町駕籠を開いた雨戸に横付けにし、彦六が何かを乗せた。
おまさ……。
五郎八は、彦六が町駕籠におまさを乗せたと睨んだ。
彦六は、雨戸を閉め、安吉と一緒に町駕籠を誘って神田八ツ小路に向かった。

おまさを何処に連れて行く……。

五郎八は焦った。


八丁堀北島町は、与力同心たちの出仕《しゅっし》の刻も過ぎ、静けさに覆われていた。

半兵衛は、地蔵橋の袂に佇んで掘割沿いにある松村恭之介の組屋敷を眺めた。

組屋敷の木戸門前では、御新造と幼い女の子が楽し気に掃除をしていた。

恭之介が帰っている気配は窺えない。

半兵衛は見定めた。

托鉢坊主《たくはつぼうず》の雲海坊《うんかいぼう》が、若い船頭《せんどう》の勇次《ゆうじ》とやって来た。

「旦那、今の処、組屋敷の周囲におかしな奴はおりませんぜ」

托鉢坊主の雲海坊は囁いた。

「近くの船着場《ふなつきば》にも妙《みょう》な船はありませんね」

船頭姿の勇次が告げた。

「そうか。じゃあ済まないが、盗賊鬼不動一味の奴や怪《あや》しい奴が来たら、宜《よろ》しく頼む」

半兵衛は、岡っ引の柳橋の弥平次に相談し、手先たちに手伝って貰う事にした。

「心得《こころえ》ました」

雲海坊と勇次は頷いた。

半兵衛は、松村恭之介を捜しに湯島天神門前町の盛り場に急いだ。


料理屋『梅村』は、開店の仕度をしていた。

音次郎は、店の前を掃除している下足番を見守っていた。

「音次郎……」

半次は、町駕籠を誘って来る安吉と彦六を示した。

「あの、半纏野郎……」

「ああ。松村さまの組屋敷を見張り、おすみを捜していた安吉だ……」

半次は見定めた。

「おう。伝助《でんすけ》、松蔵はいるかい……」

彦六は、下足番に声を掛けた。

「こりゃあ、彦六の父っつあん。松蔵の兄貴ならおりますよ」

伝助と呼ばれた下足番は告げた。

「よし。じゃあ……」

彦六と安吉は、駕籠舁《か》きを促して町駕籠を木戸門の内に誘った。

「親分、彦六って……」

音次郎は眉をひそめた。

「鎌倉河岸の煙草屋の彦六だよ」

五郎八が、息を鳴らして現れた。

「煙草屋の彦六……」

「ああ。国分の彦六の爺い、おまさを売りやがったようだ」

五郎八は吐き棄てた。

「じゃあ、町駕籠には……」

「おそらく、おまさが乗せられている……」

五郎八は睨んだ。

「音次郎、おそらく半兵衛の旦那は湯島天神門前町のおまさの飲み屋だ。直ぐに報せろ」

半次は命じた。

「合点だ」

音次郎は、猛然《もうぜん》と駆け出した。

湯島天神門前町の盛り場、飲み屋の連なりは未だ眠っていた。

半兵衛は、飲み屋の連なりの奥の路地にある小さな飲み屋に向かった。

路地にある小さな飲み屋は、腰高障子を釘《くぎ》で打ち付けてあった。

半兵衛は、店先に佇んで中の様子を窺った。

微かな殺気が過ぎった。

半兵衛は、小さな飲み屋の裏に廻った。


半兵衛は、小さな飲み屋の裏口から板場に踏み込んだ。

板場と続く店は薄暗く、傍《かたわ》らには六畳程の部屋があった。

「恭之介……」

半兵衛は呼び掛けた。

「半兵衛さん……」

松村恭之介が、板場の傍の部屋に現れた。

「恭之介、素性が知れたようだな」

半兵衛は告げた。

「はい……」

恭之介は、悔《くや》しそうに頷いた。

「ならば、何故に早々に手を引き、組屋敷に戻らぬのだ」

半兵衛は尋ねた。

「半兵衛さん、おまさは、おまさはどうしました」

「おまさ……」

「はい。無事にしているのですか……」

「おまさは今、鎌倉河岸の煙草屋、国分の彦六の処にいる」

「国分の彦六……」

恭之介は眉をひそめた。

「うむ……」

半兵衛は頷いた。

「旦那。半兵衛の旦那……」

音次郎が、駆け込んで来た。

「どうした。音次郎……」

「おすみが、いえ、おまさが彦六と安吉に料理屋の梅村に連れ込まれました」

音次郎は報せた。

「何……」

半兵衛は眉をひそめた。

「おのれ……」

恭之介は、刀を手にして出て行こうとした。

「待て、恭之介……」

半兵衛は止めた。

「半兵衛さん……」

「鬼不動一味は、お前を誘《おび》き出《だ》す為におまさを使おうとしているのだ」

半兵衛は読んだ。

「分かっています。分かっていますが、此のまま放って置けば、おまさは鬼不動一味の事を隠密廻り同心の私に洩らした裏切り者として嬲《なぶ》り殺しにされるんです」

「恭之介……」

「私はおまさを鬼不動一味の女盗賊と睨んで近付き、騙《だま》し、いろいろ訊き出し、料理屋梅村に出入りするようになりました。だが、松蔵が勘付《かんづ》き、おまさに私の素性を告げた……」

恭之介は、悔し気に顔を歪めた。

「で、おまさは混乱し、雨の降った日にお前の組屋敷に行き、御新造と幼子を見て激しい衝撃を受けて彷徨い、私たちの前で倒れたか……」

半兵衛は読んだ。

「私はおまさを騙した。ですから、その償《つぐな》いに私はおまさを助けなければならないのです」

恭之介は、半兵衛に必死に訴えた。

「良く分かった。落ち着け、恭之介……」

半兵衛は微笑んだ。

「半兵衛さん……」

恭之介は項垂れた。

「音次郎、お前、柳橋に一《ひと》っ走《ぱし》りしてくれ」

半兵衛は命じた。

料理屋『梅村』は商売を休み、下足番の伝助が外を窺っていた。

半次と五郎八は、見張り続けていた。

「頭の鬼不動の龍平、梅村の旦那の佐兵衛《さへえ》、松蔵、伝助、彦六、安吉の〆《しめ》て六人……」

五郎八は、指折り数えた。

「それに、人斬り浪人の森山がいるかもな」

半次は眉をひそめた。

「そいつで七人。面倒だな……」

五郎八は、顔の皺《しわ》を増やした。

「半次、五郎八……」

半兵衛は、松村恭之介を伴《ともな》ってやって来た。

「松村恭之介だ……」

半兵衛は、半次と五郎八に恭之介を引き合わせた。

「宜しく頼む……」

恭之介は、半次と五郎八に頭を下げた。

「こちらこそ……」

半次と五郎八は挨拶をした。

「旦那、親分……」

音次郎が、柳橋の弥平次の下《した》っ引《ぴき》の幸吉《こうきち》と手先の由松《よしまつ》を連れて来た。

「おお、幸吉、由松。良く来てくれた……」

半兵衛は、笑顔で迎えた。

「ざっとの話は音次郎に聞きました……」

幸吉は、十手を握り締めた。

「相手は外道働きの鬼不動の龍平一味だそうですね」

由松は、薄笑いを浮かべて左手に角手《かくて》、右手に鉄拳《てっけん》を嵌《は》めた。

「ああ……」

半兵衛は苦笑した。

「此でこっちも七人だ……」

指を折っていた五郎八が笑った。

「よし。恭之介は鬼不動の龍平を必ずお縄にするんだ。半次、幸吉、由松、音次郎、残る一味の者共をな。容赦《ようしゃ》は無用だ」

「はい……」

半次たちは頷いた。

「半次、人斬り浪人の森山はいるのか……」

半兵衛は尋ねた。

「おそらく……」

「ならば、森山は私が引き受ける」

「あの、旦那。あっしは……」

五郎八は、己の役目を尋ねた。

「五郎八、お前にはとっておきの役目がある」

半兵衛は、不敵に笑った。


盗賊鬼不動の龍平は、小頭で料理屋『梅村』の主の佐兵衛や松蔵、浪人の森山と酒を飲んでいた。

「で、松蔵、おまさを餌《えさ》にしてその松村恭之介を誘い出し、始末するか……」

龍平は、嘲《あざけ》りを浮かべた。

「はい。恭之介の野郎が現れた処を、森山の旦那に……」

松蔵は笑った。

「任せて貰おう……」

森山は酒を飲んだ。

「小頭、蒲団部屋をお借りしましたぜ」

国分の彦六が、伝助や安吉とやって来た。

「ああ。御苦労だったな。ま、一杯やってくれ……」

佐兵衛は労《ねぎら》った。

「何だい、お前さんたち……」

店の方から女将の声が響いた。

伝助と安吉が店に走った。


半次と幸吉が、店土間《みせどま》から帳場《ちようば》に上がって女将を突き飛ばした。

奥から伝助と安吉が現れた。

半次と幸吉は、伝助と安吉を十手で殴り倒した。

由松と音次郎が現れ、伝助と安吉を容赦なく殴り、蹴り飛ばした。

鬼不動の龍平、小頭の佐兵衛、松蔵、彦六は、慌てて立ち上がった。

「盗賊鬼不動の龍平……」

松村恭之介が、庭先から踏み込んで来た。

「松村……」

松蔵は慌てた。

浪人の森山が、冷笑を浮かべて立った。

半兵衛が庭から現れ、森山に立《た》ち塞《ふさ》がった。

「人斬りの相手は私がするよ」

半兵衛は、森山に笑い掛けた。

「おのれ……」

森山は、刀を抜いて半兵衛に斬り付けた。

半兵衛は、僅かに腰を沈めて抜《ぬ》き打《う》ちの一刀を放った。

閃光《せんこう》が走り、血が飛んだ。

半兵衛は、刀を鞘《さや》に納めた。

森山は、ゆっくりと倒れた。

龍平、佐兵衛、松蔵、彦六は怯んだ。

「鬼不動の龍平、神妙《しんみよう》にしろ……」

恭之介は、龍平に迫った。
「煩《うる》せえ」
龍平は、声を震わせて長脇差《ながわきざし》を抜いた。
佐兵衛、松蔵、彦六は逃げようとした。
半次、幸吉、由松、音次郎が現れ、猛然と襲い掛かった。
由松が彦六を蹴り飛ばし、松蔵を捕まえて殴った。
松蔵は、血を飛ばして倒れた。
幸吉が押さえ込んで十手で叩きのめした。
半次は、佐兵衛を殴り蹴飛ばした。
音次郎は、倒れた佐兵衛に馬乗りになって捕《と》り縄《なわ》を打った。
龍平は、観念して長脇差を棄てて座り込んだ。
半次と幸吉が捕り縄を打った。
恭之介は、深々と溜息《ためいき》を吐いた。
「半兵衛の旦那……」
五郎八が顔を出した。
「どうだ……」

「はい。蒲団部屋に閉じ込められていましてね。無事に……」

五郎八は笑った。

「よし。手筈《てはず》通りにな……」

「合点です」

五郎八は、素早く消えた。

「よし。恭之介、お前の役目は此処迄《ここまで》だ……」

半兵衛は、恭之介を見据えた。

「はい。では……」

恭之介は頷き、庭先に素早く消えた。

「よし、半次。盗賊鬼不動の龍平共を大番屋に引き立てろ」

半兵衛は命じた。

「そうか。松村恭之介、素性が知られたので、半兵衛たちと踏み込み、盗賊鬼不動の龍平一味の者共、お縄にしたか……」

大久保忠左衛門は、細い筋張った首を伸ばした。

「はい。残らず……」

半兵衛は頷いた。

「うむ。御苦労だったな、半兵衛……」

忠左衛門は労った。

「いえ。何もかも、松村恭之介の隠密探索の手柄《てがら》にございます」

「うむ。褒美《ほうび》をやらねばならぬな」

忠左衛門は、細い筋張った首を伸ばし、上機嫌で頷いた。

「ならば、褒美は暫くの休み、非番《ひばん》にしてやるのが宜しいでしょう」

半兵衛は笑った。

大久保忠左衛門は、盗賊鬼不動の龍平一味の者共を死罪に処した。

夜、雨が降り始めた。
半兵衛は、組屋敷の囲炉裏端でおまさと向かい合った。
おまさは、五郎八に助け出されて半兵衛の組屋敷に連れて来られていた。
囲炉裏の火は燃えた。
「さあて、おまさ。盗賊鬼不動の龍平一味の者共は、一人残らず死罪と決まった
……」

半兵衛は、おまさに告げた。

「一人残らず。白縫さま……」

おまさは、戸惑いを浮かべた。

「もう、お上《かみ》からも鬼不動一味からも追われる事もない……」

半兵衛は笑った。

「忝《かたじけの》うございます」

おまさは、深々と頭を下げた。

「うむ。騙して申し訳なかった。出来るものなら、知る者のいない処で生まれ変わり、幸せになって欲しい……」

「えっ……」

おまさは、半兵衛の言葉が恭之介のものだと気が付いた。

「そいつが、只《ただ》一つの願いだそうだ……」

半兵衛は報せた。

「はい……」

おまさは、俯《うつむ》いたまま涙を零《こぼ》した。

翌朝、雨は止み、朝陽が雨戸の隙間や節穴《ふしあな》から差し込んだ。
半兵衛は、眼を覚まし、雨戸を開けた。
軒先から雨垂れが落ちていた。
半兵衛は、台所に向かった。
台所には飯が炊かれ、味噌汁が出来ていた。
組屋敷におまさはいなかった。
おまさが何処に行き、何をするのか、半兵衛は知らない。
世の中には、町奉行所の役人が知らぬ顔をした方が良い事もある……。
半兵衛は、縁側に出て庭に向かって大きく背伸びをした。
軒先から落ちる雨垂れは、朝陽に煌《きら》めいた。

第二話　運び屋

一

神田川の流れは煌《きら》めき、猪牙舟《ちょきぶね》はゆっくりと進んで行く。

昌平橋は神田川に架《か》かり、不忍池に続く明神下の通りと神田八ツ小路を結び、多くの人々が行き交っていた。

昌平橋の袂《たもと》には、飴屋《あめや》、易者《えきしや》、七味唐辛子《しちみとうがらし》売りなどの行商人が店を開いていた。

端《はし》の易者の隣には、人足姿の十四、五歳の少年が『運びや　何でも何処迄《どこまで》も運びます』の看板を出して佇《たたず》んでいた。

「おう、兄さん……」

初老の商人は、背負っていた大荷物を下ろした。

「いらっしゃい……」

運び屋の少年は、眼を輝かせた。

「此奴《こいつ》を鍋町迄《まで》頼むよ……」

初老の商人は、運び屋の少年に大荷物を示して汗を拭《ぬぐ》った。

「合点《がってん》だ……」

運び屋の少年は、威勢《いせい》良く返事をし、背後に置いてあった小さな大八車《だいはちぐるま》を出し、初老の商人の大荷物を載せた。

「神田鍋町ですね」

「ああ。急がなくとも良いよ」

初老の商人は、大荷物を載せた小さな大八車を牽《ひ》く運び屋の少年を伴《ともな》い、神田八ツ小路の須田町口に向かった。

神田八ツ小路には、多くの人が忙《いそが》しく行き交った。

音次郎は足を止め、初老の商人と大荷物を載せた小さな大八車を牽いて行く運び屋の少年を見送った。

「おう。どうした、音次郎……」

半兵衛と一緒に先を行く半次が、怪訝《けげん》な面持《おもも》ちで振り向いた。

「はい……」

音次郎は、半兵衛と半次の許《もと》に駆け寄った。

不忍池には水鳥が遊んでいた。

半兵衛と半次は、不忍池の畔《ほとり》の茂みに倒れていた羽織姿の老人の死体を検《あらた》めた。

音次郎は、町役人《ちょうやくにん》に何事かを聞き始めた。

半兵衛と半次は、羽織姿の老人の左肩から袈裟《けさ》に斬られている傷を検めた。

「袈裟懸《が》けの一太刀《ひとたち》の他に斬られちゃあいませんね」

半次は眉をひそめた。

「うむ。仏さんの固まり具合から見て斬られたのは昨夜。斬ったのは侍だね」

半兵衛は、仏の死んでからの固まり具合と、袈裟懸けの太刀筋《たちすじ》を読んだ。

「はい……」

半次は頷《うなず》いた。

「して、仏さんの身許《みもと》は……」

「はい。根津権現《ねづごんげん》は曙《あけぼの》の里千駄木《せんだぎ》に住んでいる骨董《こっとう》の目利《めき》きの一色香庵《いっしきこうあん》さんだそうです」

音次郎は、町役人に聞いた話を報《しら》せた。

「ほう。骨董の目利きの一色香庵ねえ……」

「はい。今、家の者を呼びに行っているそうです……」

「そうか。して、一色香庵、昨夜、此《こ》の界隈《かいわい》にいたのかな」

半兵衛は、辺りを見廻した。

「料理屋に聞き込んでみますか……」

「そうしてくれ……」

「はい。じゃあ、音次郎……」

半次と音次郎は、聞き込みに走った。

「仏さんの家の者、未だ来ないのかな……」

半兵衛は、町役人に尋ねた。

昨夜、目利きの一色香庵は、不忍池の畔の料理屋『葉月《はづき》』に来ていた。

「で、目利きの一色香庵さん、此の葉月で誰かと逢《あ》っていたのですか……」

半次は尋ねた。

「ええ。京橋《きようばし》の薫風堂《くんぷうどう》って扇屋《おおぎや》の旦那さまと御一緒でしたよ」

料理屋『葉月』の女将《おかみ》は告げた。

「京橋の扇屋薫風堂の旦那……」

半次は眉をひそめた。

「ええ。久兵衛《きゅうべえ》さまです」

「一色香庵さん、その久兵衛さんと酒を飲んだのですね」

「ええ。で、戌《いぬ》の刻五つ(午後八時)頃ですか、久兵衛さんは先にお帰りになりましたよ」

女将は告げた。

「で、一色香庵さんも帰りましたか……」

半次は読んだ。

「ええ。四半刻(三十分)後に……」

「親分、久兵衛が侍を呼んで待ち伏せをさせたんじゃあ……」

音次郎は読んだ。

「うむ。よし、音次郎、京橋の扇屋薫風堂の久兵衛さんだ……」

半次は命じた。

「合点です」

音次郎は、料理屋『葉月』から出て行った。
不忍池から京橋に行くには、神田八ツ小路を抜けて日本橋の通りを進む。
音次郎は、明神下の通りから神田川に架かっている昌平橋に差し掛かった。
易者が、心配げに船着場を見下ろしていた。
どうした……。
音次郎は、易者の視線を追った。
昌平橋の船着場では、運び屋の少年が二人の地廻《じまわ》りに挟《はさ》まれていた。
何だ……。
音次郎は眉をひそめた。
「どうした、幸太《こうた》。今日も随分と稼いだんだろう……」
地廻りの一人は、運び屋の少年を幸太と呼んだ。
幸太は、硬い面持ちで俯《うつむ》いていた。
「出せよ。見ケ〆料《みかじめりょう》……」
地廻りは凄《すご》んだ。

「今日は金が入《い》り用《よう》ですから、見ヶ〆料は勘弁して下さい……」

幸太は声を震わせた。

「じゃあ幸太、今日は勘弁してやっても良いが、明日は倍だぜ」

「そ、そんな……」

「幸太。お前、誰のお陰で運び屋をやれていると思うんだ……」

地廻りは、幸太の胸倉を鷲摑《わしづか》みにして睨《にら》み付《つ》けた。

「でも、今日はどうしても、おっ母さんの薬代がいるんです。ですから……」

「煩《うる》せえ……」

地廻りは、幸太の頰《ほお》を平手打ちにした。

幸太は、口元に血を滲《にじ》ませて暗い眼をした。

「さあ、幸太。さっさと見ヶ〆料を払いな」

二人の地廻りは、嘲笑《ちようしよう》を浮かべて幸太に迫った。

「おい。何をしているんだ……」

音次郎が、船着場に下りて来た。

「何だ。手前……」

二人の地廻りは凄んだ。

「手前ら、明神一家《みようじんいっか》の地廻りか……」

「だったら、どうだってんだ」

「一生懸命に働いている者から見ヶ〆料を取るのは許しちゃあ置けねえ……」

「何……」

「幸太から見ヶ〆料は取るんじゃあねえ」

音次郎は怒鳴り、十手で地廻りを殴り、蹴り飛ばした。

二人の地廻りは、神田川に落ちて水飛沫《みずしぶき》を上げた。

「俺は北町奉行所の白縫の旦那から十手を預かっている音次郎って者だ。幸太を脅《おど》したら旦那に頼んで島送りにしてやるぜ」

音次郎は、泳げず水飛沫を上げて踠《もが》いている二人の地廻りに告げた。

「分かった。分かったから、助けて……」

二人の地廻りは、船着場に摑《つか》まった。

「本当に分かったんだろうな……」

音次郎は、船着場に摑まる二人の地廻りの手を十手で打ち据えた。

二人の地廻りは悲鳴を上げた。

「ありがとうございました、親分さん」

幸太は、音次郎に深々と頭を下げた。

「幸太、俺は親分じゃあない。本湊《ほんみなと》の半次親分の下っ引で、北町奉行所同心の白縫半兵衛旦那の手先の音次郎って者だ」

音次郎は笑った。

「音次郎の兄貴ですか……」

「ああ。幸太、困った事があったら、いつでも相談に乗るぜ。じゃあ、お役目でちょいと急ぐんでな……」

音次郎は、幸太に云《い》い残《のこ》して京橋に急いだ。

幸太は、神田八ツ小路を駆け去る音次郎に深々と頭を下げた。


「そうか。一色香庵、京橋の扇屋薫風堂主《あるじ》の久兵衛に骨董の目利きを頼まれて、料理屋葉月に出掛けたか……」

「左様《さよう》にございます……」

一色香庵の老妻は、涙を拭いながら頷いた。

「で、香庵と久兵衛、どのような拘《かか》わりなのかな……」

「は、はい。目利きと御贔屓《ごひいき》様だと……」

老妻は、微《かす》かな戸惑いを浮かべた。

「骨董の事で揉《も》めているような事はなかったかな」

「それは、なかったかと思いますが……」

「そうか。ならば、香庵、誰かに恨《うら》まれていたような事はなかったかな」

半兵衛は尋ねた。

「さあ、仕事の事、私は良く分かりませんが、恨まれているような事は……」

老妻は、首を捻《ひね》った。

「そうか。分からないか……」

半兵衛は、老妻に必要な事を問《と》い質《ただ》し、目利き一色香庵の死体を引き取らせた。

「旦那……」

半次が戻って来た。

「おう。何か分かったか……」

「はい。仏は昨夜、池之端《いけのはた》の葉月って料理屋で京橋の扇屋、薫風堂久兵衛と逢っていましてね、戌の刻五つ過ぎに帰ったそうです」

半次は告げた。

「うん。お内儀《ないぎ》さんの話じゃあ、久兵衛に骨董の目利きを頼まれて葉月に行ったそうだ」

半兵衛は頷いた。

「そうですか。で、仏と久兵衛の間に何か揉め事は……」

「仕事やその辺りについては、お内儀さんは良く知らないとの事だよ」

「そうですか……」

「で、半次。仏が逢っていた京橋の扇屋薫風堂久兵衛はどうした」

「はい。音次郎を先乗りさせ、久兵衛の評判や人柄などを調べさせています」

「よし。じゃあ、私も薫風堂に行ってみるかな……」

「はい。あっしは仏の目利き仲間や、骨董屋に仏の人柄や評判を聞き込んでみます」

半次は告げた。

「うむ。そうしてくれ……」

半次は頷いた。

扇屋『薫風堂』は、京橋の傍、炭町《すみちょう》にあった。

音次郎は、老舗《しにせ》の扇屋『薫風堂』を眺《なが》めた。

扇屋『薫風堂』は、老舗らしく落ち着いた店構えであり、軒下には出入りを許されている大名旗本家の金看板が何枚か掲《かか》げられていた。

音次郎は、扇屋『薫風堂』が格式の高い老舗だと知った。

よし……。

音次郎は、扇屋『薫風堂』の周辺に聞き込みを掛ける事にした。


「扇屋薫風堂の久兵衛旦那ですか……」

蕎麦屋《そばや》の亭主は、薄い笑みを浮かべた。

「ええ。どんなお人なんですかい……」

音次郎は、蕎麦を手繰《たぐ》りながら尋ねた。

「どんなって、遣《や》り手《て》の商売上手だと専《もっぱ》らの評判ですよ……」

「へえ。遣り手の商売上手ねえ……」

「ええ。久兵衛旦那、御贔屓さまに名のある扇や骨董を献上《けんじょう》して、何かと便宜《べんぎ》を図《はか》って貰《もら》っているって噂《うわさ》ですよ」

蕎麦屋の亭主は苦笑した。

「名のある扇や骨董ですか……」

「ええ。久兵衛さん、骨董の面白い扇が手に入ると、御贔屓の骨董好きのお殿さまの許に持ち込んだりしているそうでしてね」

「そりゃあ、御贔屓のお殿さまも喜びますね」

「ええ。久兵衛旦那、抜け目がなく、先を読むのが得意な人ですかね……」

「へえ。そんな人柄ですか……」

音次郎は頷き、蕎麦を手繰る箸《はし》を置いた。

半兵衛は、扇屋『薫風堂』を眺めた。

格式の高い老舗か……。

半兵衛は苦笑した。

「半兵衛の旦那……」

音次郎が、駆け寄って来た。

「おう。久兵衛、どんな旦那か分かったか……」

半兵衛は、音次郎を迎えた。

「ええ。かなりの遣り手、商売上手だそうですよ」

音次郎は、聞き込んで来た事を半兵衛に報せた。

「ほう。名のある扇か骨董を……」

半兵衛は眉をひそめた。

「はい……」

「よし。面《つら》を拝んでみるか……」

半兵衛は、音次郎を従えて扇屋『薫風堂』に向かった。

扇屋『薫風堂』の座敷は、通りの賑《にぎ》わいにしては静かだった。

半兵衛と音次郎は、出された茶を飲みながら旦那の久兵衛が来るのを待った。

「お待たせ致しました。扇屋薫風堂主の久兵衛にございます」

恰幅《かっぷく》の良い初老の久兵衛がやって来た。

「うん。私は北町奉行所臨時廻り同心の白縫半兵衛、こっちは音次郎だ」

半兵衛は告げた。

「はい。それで白縫さま、手前に何か……」

久兵衛は微笑《ほほえ》んだ。

流石《さすが》に大名旗本を相手に商売をしているだけあり、久兵衛には余裕が窺《うかが》えた。

「うん。他でもない、久兵衛。お前さん、昨夜、不忍池の畔の料理屋葉月で目利きの一色香庵と逢ったな」

半兵衛は笑い掛けた。

「はい。手前が手に入れた古い扇の目利きをして戴《いただ》きましたが……」

久兵衛は、半兵衛に怪訝な眼を向けた。

「ほう。古い扇の目利きか……」

「はい。それが何か……」

「で、戌の刻五つ頃、そなたは葉月を出たのだな」

「はい。左様にございますが……」

久兵衛は、微かな不安を過《よ》ぎらせた。

「うむ。それなのだが、昨夜、目利きの一色香庵、何者かに斬り殺されてな……」

半兵衛は、久兵衛を見据《みす》えて告げた。

「ええっ。一色香庵さんが殺された……」

久兵衛は驚き、大きく仰《の》け反《ぞ》った。

「うむ……」

「誰に、誰に殺されたのですか……」

久兵衛は、嗄《しやが》れ声を引《ひ》き攣《つ》らせた。

「そいつは未だだ……」

半兵衛は苦笑した。

「は、はい……」

久兵衛は、喉《のど》を鳴らした。

「で、久兵衛。お前さん、一色香庵が殺された事に心当たりはないかな」

「心当たり……」

久兵衛は眉をひそめた。

「うむ。心当たりだ……」

「そう云えば一色香庵さん。面倒な目利きを頼まれていると云っていましたが……」

久兵衛は、厳《きび》しい面持ちで告げた。

「面倒な目利き……」

半兵衛は、訊き返した。

「ええ……」

「どんな目利きだ……」

「そこ迄は……」

久兵衛は、首を捻った。

「聞いちゃあいないか……」

半兵衛は、吐息《といき》を洩《も》らした。

「はい。ですが、御大身《ごたいしん》のお旗本が絡《から》んでいるような口振りだったかと……」

久兵衛は、思い出すように告げた。

「大身旗本か……」

半兵衛は眉をひそめた。


半兵衛と音次郎は、久兵衛と番頭に見送られて扇屋『薫風堂』を出た。

「旦那。久兵衛旦那の今の話、信用出来ますか……」

音次郎は、扇屋『薫風堂』を振り返った。

「さあて。どうかな……」

「旦那……」

音次郎は、戸惑いを浮かべた。

「探索は始まったばかりだ……」

半兵衛は小さく笑った。


「えっ。一色香庵さんが……」

骨董屋『河童堂《かっぱどう》』の主の宗平《そうへい》は、一色香庵が殺されたと知って驚き、激しく身《み》震《ぶる》いした。

「ええ。宗平さん、何か心当たりはありませんか。香庵さんを恨んでいる人とかは……」

半次は尋ねた。

「さあ。香庵さん、目利きも丁寧《ていねい》で慎重な人でしてね。大仰《おおぎょう》な事を云って他人を惑わすような目利きはせず、信用されていましたから……」

「騙《だま》されたと、恨むような者もいませんでしたか……」

半次は読んだ。

「ええ。私の知る限りでは……」

宗平は頷いた。

「じゃあ、宗平さん。香庵さん、京橋の扇屋薫風堂の旦那の久兵衛さんとは、どんな風でしたか……」

「扇屋薫風堂の久兵衛さんですか……」

宗平は、戸惑いを過ぎらせた。

「ええ……」

「さあて、扇屋薫風堂の旦那の久兵衛さんと拘わりがあったとは……」

宗平は首を捻った。

「知りませんでしたか……」

「はい……」

宗平は頷いた。

「じゃあ、香庵さんが今、どんな目利きをしていたかは、御存知ですかい……」

半次は尋ねた。

「確か、御大身のお旗本の蔵検め《くらあらた》めを頼まれたと云っていたと思いますが……」

「大身旗本家の蔵検め……」

〝蔵検め〟とは、蔵に納められた古い物に価値があるかどうか調べる事だ。

「ええ。どんな骨董品が出て来るか楽しみだと云っていましたよ」

「その大身旗本、何処の誰かは……」

「さあ。名前迄は……」

宗平は眉をひそめた。

「聞いていませんか……」

半次は、肩を落とした。

二

「そうか。一色香庵、真っ当な目利きをしており、恨みを買うような事はないか……」

半兵衛は、半次の報せを聞いて呟《つぶや》いた。

「はい……」

半次は頷いた。

「薫風堂の久兵衛の方も特に怪しいって処《ところ》はなくてね。ま、音次郎を張り付けてあるが……」

半兵衛は告げた。

「で、香庵さん、今、何処かの大身旗本家の蔵検めを頼まれ、いろいろ調べていると、昵懇《じつこん》の仲の骨董屋の亭主が云っていましてね」

「大身旗本家の蔵検め……」

半兵衛は眉をひそめた。

「旦那、何か……」

「うん。香庵、大身旗本絡みの面倒な目利きを頼まれたと、久兵衛に云っていてね……」

「旦那……」

半次は、身を乗り出した。

「蔵検めをする大身旗本家か……」

半兵衛は読んだ。

「ええ。そいつが何か拘わりありそうな……」

「よし。香庵のお内儀さんに訊いてみよう」

半次は頷いた。

半兵衛は決めた。

曙の里、千駄木町の目利き一色香庵の家は、弔《とむら》いの仕度《したく》に忙しかった。

「やあ。済まないね。忙しい時に……」

半兵衛は、半次が呼び出して来た香庵のお内儀を労《ねぎら》った。

「いいえ。で、何か……」

「うん。香庵、何処かの大身旗本家の蔵検めを頼まれたと聞いたが、何処の旗本か知っているかな……」

半兵衛は尋ねた。

「それなら、本郷御弓町《ほんごうおゆみちょう》の板倉大膳亮《いたくらだいぜんのすけ》さまのお屋敷ですが……」

お内儀は告げた。

「本郷御弓町の板倉大膳亮さま……」

「はい。香庵は板倉さまに頼まれてお屋敷の蔵検めに通っておりました」

お内儀は告げた。

「そうか。忙しい時に済まなかったね」

「いいえ。では、失礼致します」

お内儀は、戻って行った。

「旦那……」

「うむ。御弓町の板倉大膳亮、確か四千石取りだったな……」

「大身旗本ですか……」

「うん。よし、本郷御弓町だ……」

半兵衛と半次は、千駄木町から本郷御弓町に急いだ。


扇屋『薫風堂』は、格式の高い老舗だけあって武士や僧侶などの客が出入りしていた。

主の久兵衛は出掛ける事もなく、客の相手をしていた。

音次郎は、斜向《はすむ》かいの甘味処《あまみどころ》の路地から見張っていた。

幸太が荷を積んだ小さな大八車を牽き、日本橋の通りをやって来た。

幸太……。

音次郎は見守った。

幸太は、音次郎に気が付かずに通り過ぎ、扇屋『薫風堂』の二軒隣の海苔屋《のりや》の前に小さな大八車を止めた。

「今日《こんにち》は、運び屋です。頼まれた荷物を持って来ました」

幸太は、威勢良く告げながら海苔屋に入って行った。

働き者だ……。

音次郎は苦笑した。

幸太は、小さな大八車に積んであった荷物を担《かつ》ぎ、海苔屋に運び込んだ。

「じゃあ、ありがとうございました」

幸太は海苔屋に礼を云い、空《から》になった小さな大八車を日本橋に向けた。

「幸太……」

音次郎は、路地を出て幸太に声を掛けた。

「あっ。音次郎の兄貴……」

幸太は、音次郎に気が付いて駆け寄って来た。

「おう。やっているな……」

「はい……」

「よし。安倍川餅《あべかわもち》でも食うか。奢《おご》るぜ」

「御馳走《ごちそう》さまです」

幸太は、嬉《うれ》しそうに頷いた。

「運び屋さん……」

隣の蕎麦屋の女将さんが、戸口から出て来て幸太を呼んだ。

「あっ……」

「幸太、安倍川餅は今度だ。商売、商売……」

音次郎は苦笑した。

「はい。じゃあ、只今《ただいま》……」

幸太は、小さな大八車を牽いて隣の蕎麦屋に走った。

音次郎は見送った。

半纏《はんてん》を着た男が現れ、扇屋『薫風堂』の店内を覗《のぞ》いた。

誰だ……。

音次郎は、路地から見守った。

半纏を着た男は、扇屋『薫風堂』の店先から周囲を窺った。

老舗扇屋に来る客じゃあない……。

音次郎は睨み、扇屋『薫風堂』を窺う半纏を着た男を見張った。

本郷御弓町の板倉大膳亮の屋敷は、夕陽に照らされていた。

「此処《ここ》ですね。板倉屋敷……」

半次は、板倉屋敷を見上げた。

「ああ。板倉大膳亮か……」

半兵衛は、表門の閉められている板倉屋敷を眺めた。
板倉屋敷の表門脇の潜《くぐ》り戸《ど》が開いた。
半兵衛と半次は、素早く物陰に隠れた。
五人の家来が潜り戸から現れ、本郷の通りに向かった。
「旦那……」
半次は眉をひそめた。
「うん。追ってみよう……」
半兵衛は、五人の家来を追った。
半次は続いた。
夕陽は連《つら》なる旗本屋敷を照らし、行き交う人々の影を長く伸ばした。
日本橋の通りに連なる店は大戸を閉め、人々は提灯《ちょうちん》に火を灯《とも》し始めた。
扇屋『薫風堂』は、小僧と下男が周囲の掃除をして大戸を閉めた。
音次郎は、斜向かいの甘味処の路地から見張りを続けた。
半纏を着た男は、路地の暗がりに潜んで扇屋『薫風堂』を見張っていた。
何者だ……。

目利きの一色香庵殺しに拘わりのある奴なのか……。

音次郎は読んだ。

刻は過ぎた。

五人の侍が、日本橋の方からやって来た。

音次郎は、斜向かいの路地に潜んで見守った。

半纏を着た男は、やって来た五人の侍に近寄った。

「柴原《しばはら》さま……」

「おう、三次《さんじ》か……」

柴原と呼ばれた頭分の侍は、半纏を着た男を三次と呼んで迎えた。

「はい……」

「どうだ……」

「はい。薫風堂の主の久兵衛、出掛けずにおりますぜ」

三次は告げた。

「して、用心棒は……」

「雇《やと》った気配はありません」

「そうか……」

柴原は、冷笑を浮かべて扇屋『薫風堂』を眺めた。

扇屋『薫風堂』からは、僅《わず》かに明かりが洩れていた。

「よし。薫風堂の周囲に不審はないか、見定めろ……」

柴原は指示した。

四人の配下は、扇屋『薫風堂』の周囲に散った。

柴原と三次は、暗がりに潜んだ。

音次郎は、斜向かいの路地から見守った。

何をする気だ……。

音次郎は緊張した。

「音次郎……」

半次と半兵衛が、路地の奥からやって来た。

「親分、旦那……」

音次郎は、微かな安堵《あんど》を過ぎらせた。

半次と半兵衛は、路地の入口から斜向かいの扇屋『薫風堂』の周囲の暗がりに潜んだ五人の侍と半纏を着た男を見た。

「侍の頭分は柴原、半纏野郎は三次です」

音次郎は報せた。

「三次はいつ頃からいるんだ」

「夕方から、薫風堂をいろいろ探っていました……」

「そうか……」

「旦那、五人の侍、何処の奴らなんですか……」

音次郎は眉をひそめた。

「本郷御弓町は旗本板倉家の家来たちでな……」

半兵衛は、柴原たちの素性《すじよう》と殺された目利きの一色香庵と旗本板倉家の拘わりを教えた。

僅かな刻が過ぎ、夜廻《よまわ》りの木戸番《きどばん》が拍子木《ひようしぎ》を打ち鳴らして通り過ぎて行った。

四人の配下は、柴原と三次の処に戻って来た。

半兵衛、半次、音次郎は見守った。

柴原は、四人の配下の報告を聞いた。そして、扇屋『薫風堂』の店先に向かった。

四人の配下と三次が続いた。

「よし……」

　半兵衛は、斜向かいの暗がりを出た。

　半次と音次郎は続いた。

　灯されたばかりの行燈《あんどん》の火は、未だ落ち着かずに瞬《またた》いていた。

　扇屋『薫風堂』の久兵衛と家族や奉公人は、夜更けに訪れた旗本板倉家の家来の柴原たちに困惑し、微かな怯《おび》えを滲ませた。

　久兵衛は、柴原を座敷に通した。

　柴原は、三人の配下と三次を店に残し、一人の配下と共に座敷に通った。

「して、柴原さま。夜分に御用とは……」

　久兵衛は、怒りを押し殺して柴原と向かい合った。

「他でもない、久兵衛。目利きの一色香庵から預かった物を、速《すみ》やかに板倉家に返して貰おうか……」

　柴原は告げた。

「一色香庵さんから預かった物……」

久兵衛は眉をひそめた。

「如何《いか》にも……」

柴原は、久兵衛を見据えて頷いた。

「柴原さま、手前が香庵さんから何を預かったと仰《おっしゃ》るのですか……」

「香庵が板倉屋敷の蔵検めを頼まれたのを良い事に、板倉家伝来の家宝の品を秘かに持ち出した事が判明してな。もし、おぬしが家宝を預かっているなら速やかに返して戴こう」

柴原は、久兵衛を厳しく見据えて告げた。

「柴原さま、手前はそのような物、香庵さんから預かってはおりませぬ」

久兵衛は、柴原を見据えて告げた。

「久兵衛、嘘偽《うそいつわ》りを申すと、只では済まぬぞ」

柴原は久兵衛を睨み付け、もう一人の家来は刀を握り締めた。

久兵衛は、緊張を漲《みなぎ》らせた。

「旦那さま……」

番頭が廊下から声を掛けた。

「どうしました……」

「はい。北町奉行所の白縫半兵衛さまがお見えにございます」

番頭は告げた。

「白縫さまが……」

久兵衛は、安堵と戸惑いを交錯《こうさく》させた。

「北町奉行所の白縫半兵衛……」

柴原は眉をひそめた。

「はい。目利きの一色香庵さん殺しを探索している同心の旦那にございます」

久兵衛は、柴原たちが下手《へた》に動けなくなったと知り、微かな嘲《あざけ》りを浮かべた。

「おのれ……」

柴原は、怒りを滲ませた。

「番頭さん、白縫さまに直《す》ぐに参るとお伝え下さい……」

「はい……」

番頭は立ち去った。

「お聞きの通りにございます。柴原さま……」

久兵衛は、柴原に笑い掛けた。

半兵衛は店の框《かまち》に腰掛けて、出された茶をのんびりと啜《すす》っていた。

三次と三人の板倉家家来は、店の商売用の小部屋で落ち着かない風情《ふぜい》でいた。

番頭が、奥からやって来た。

「白縫さま、主の久兵衛、直ぐに参るそうです」

番頭は告げた。

「そうか……」

半兵衛は頷いた。

柴原と配下が、久兵衛に見送られて奥から出て来た。

配下が、三次と三人の家来たちに告げた。

「帰るぞ……」

三次と三人の家来たちは、小部屋から店土間《みせどま》に降りた。

柴原は、框に腰掛けている半兵衛を腹立たし気に一瞥《いちべつ》して出て行った。

四人の家来と三次が続いた。

半兵衛は苦笑した。

「お待たせ致しました。白縫さま……」

久兵衛は、半兵衛の許にやって来た。

「久兵衛。夜分、忙しい処、済まないね」

半兵衛は笑い掛けた。

柴原たち五人の板倉家家来と三次は、扇屋『薫風堂』を出た。

「おのれ、不浄役人が……」

柴原は、半兵衛への怒りを露《あら》わにした。

「しかし、如何《いか》に支配違いと云えども、町方の久兵衛相手に手荒な真似をすれば、北町奉行所も黙ってはいまいし評定所《ひようじようしよ》も動く。此処は引き上げるしかありますまい」

家来の一人が告げた。

「うむ、退き上げる。三次、お前は残って見張りを続けろ」

柴原は、三次に命じた。

「承知しました」

三次は、帰って行く柴原たち五人の家来を見送った。

「ふん。町方同心一人に怯えやがって……」

三次は嘲笑《あざわら》い、京橋の袂にある飲み屋に向かった。

半次と音次郎が物陰から現れ、三次に続いた。

「して、白縫さま。御用とは……」

「うん。旗本板倉大膳亮さま家中の柴原たちは何しに来たのかな……」

半兵衛は、久兵衛を見据えて尋ねた。

「そ、それは……」

久兵衛は、半兵衛が柴原の素性を知っているのに戸惑った。

「目利きの一色香庵殺しに拘わる事と見たが、如何《いかが》かな……」

「白縫さま……」

「久兵衛、事が香庵殺しに拘わる事なら、大番屋で証言して貰っても良いんだよ」

半兵衛は笑い掛けた。

「大番屋に……」

久兵衛は、満面に緊張を漲らせた。

「うん。どうする……」

「白縫さま……」

「久兵衛、香庵が板倉家に頼まれて蔵検めをしているのは分かっている。で、香庵は、蔵の中から何かを見付けて持ち出した。それで柴原たちは、持ち出した物を探して此処迄《ここまで》来た。違うかな……」

半兵衛は読んだ。

「仰る通りです、白縫さま。ですが、手前は香庵さんに古い扇の目利きをして貰っただけで、何も預かってはおりません」

久兵衛は告げた。

「本当だね……」

半兵衛は、久兵衛を見据えた。

「はい……」

久兵衛は頷いた。

「そうか……」

半兵衛は笑った。

京橋の袂にある飲み屋は、縄暖簾を揺らしていた。

「邪魔するぜ……」

半次は、縄暖簾《なわのれん》を潜った。

音次郎は、物陰から見送った。


「いらっしゃい……」

飲み屋の老亭主は、半次を迎えた。

「おう。酒を貰おうか……」

半次は、店の中を見廻した。

三次は、隅で手酌《てじゃく》で酒を飲んでいた。

半次は、三次の近くに座って運ばれた酒を飲み始めた。


縄暖簾は揺れていた。

音次郎は見張っていた。

「音次郎……」

半兵衛が扇屋『薫風堂』から現れ、飲み屋を見張っている音次郎に近付いた。

「旦那……」

「柴原たちか……」

半兵衛は、柴原たちが飲み屋にいるのかと尋ねた。

「いえ。三次の野郎だけで、半次の親分が誰かと逢わないか、見張っています」

「そうか……」

半兵衛は、想いを巡らせて決めた。

「よし、音次郎。私は南茅場町の大番屋に先に行っている。半次と三次を引き立てて来てくれ」

「は、はい。心得《こころえ》ました」

音次郎は、戸惑いながらも頷いた。

「じゃあな……」

半兵衛は、音次郎を残して南茅場町の大番屋に向かった。

刻が過ぎた。

半次が、飲み屋から出て来た。

「親分……」

音次郎は、半次に駆け寄った。

「三次、出て来るぜ……」

半次は告げた。

「そうですか。親分、半兵衛の旦那が……」

音次郎は、半次に半兵衛の指示を伝えた。

「三次を南茅場町の大番屋にな……」

半次は苦笑した。

三次が、縄暖簾の揺れる飲み屋から出て来た。

半次と音次郎は、懐《ふところ》の十手を握り締めた。

三

南茅場町の大番屋は、日本橋川の傍にある。

大番屋の詮議場《せんぎじよう》は冷気に満ち、血と汗の臭いが漂《ただよ》っていた。

半次と音次郎は、框に腰掛けている半兵衛の前に三次を引き据えた。

三次は、既に酒も抜け、怯えた眼で身を固くしていた。

「やあ。三次、そう固くなるな……」

半兵衛は笑い掛けた。

「は、はい……」

三次は、喉《のど》を鳴らした。

「三次。お前、旗本板倉家の奉公人かい……」

　半兵衛は尋ねた。

「いえ。あっしは板倉屋敷の渡《わた》り中間《ちゅうげん》で、柴原又四郎《またしろう》さまのお手伝いを……」

　三次は、嗄れ声を震わせた。

「そうか。ならば訊くが、目利きの一色香庵が板倉屋敷の蔵検めをしていたのは知っているな」

「それはもう……」

「で、一色香庵が何かを見付け、秘かに持ち出したと、板倉家は見ているのだな」

「はい。左様にございます」

　三次は頷いた。

「ならば、香庵が秘かに持ち出した物とは何だい……」

　半兵衛は、三次に笑い掛けた。

「そ、それは……」

　三次は、顔を歪《ゆが》めて躊躇《ためら》った。

「三次、ここには責め道具がいろいろある。試してみるかい……」

半次は、詮議場の壁際に置かれている抱き石《だいし》や十露盤板《そろばんいた》、鞭《むち》などの責め道具を示し、冷ややかな笑みを浮かべた。

「そ、それには及びません。香庵さんが蔵から持ち出した物は、村正《むらまさ》の短刀と昔の謀反人《むほんにん》が板倉家の当時のお殿さまに送って来た扇に書かれた手紙なんかだそうです」

三次は、嗄れ声を震わせた。

「村正の短刀と昔の謀反人から送られてきた扇に書かれた手紙……」

半兵衛は眉をひそめた。

「はい。良く分かりませんが、そいつが御公儀に知られれば、板倉家は只《ただ》では済まないとか、はい……」

三次は、己の言葉に頷いた。

「で、柴原又四郎たちが、板倉大膳亮さまの命《めい》を受けて一色香庵を斬り、村正の短刀と謀反人からの扇に書かれた手紙を取り戻そうとしているのか……」

半兵衛は読んだ。

「はい……」

三次は頷き、項垂《うなだ》れた。

「半兵衛の旦那。村正の短刀と謀反人の扇に書かれた手紙ってのは……」

　半次は眉をひそめた。

「うん。村正ってのは、昔の名高い刀鍛冶《かたなかじ》でね。村正の打った刀は、徳川家《とくがわけ》に仇《あだ》なす不吉な刀と云われていてな。徳川将軍家に忌《い》み嫌《きら》われ、大名旗本でも所持していれば、謀反の志《こころざし》があるのかと疑われるような代物《しろもの》だ……」

　半兵衛は告げた。

「へえ。そんな恐ろしい代物なんですか……」

「ああ……」

「じゃあ、謀反人の扇に書かれた手紙ってのは、何ですかね……」

　音次郎は訊いた。

「徳川将軍家に対する謀反は、百年以上も昔に由井正雪《ゆいしょうせつ》と云う軍学者が企《くわだ》てた慶安《けいあん》事件ってのがあるが……」

　半兵衛は、大昔の謀反を思い浮かべた。

「百年以上も昔ですか……」

「うむ。ま、謀反だ。闇に浮かんで闇に消えたものもあっただろう……」

　半兵衛は眉をひそめた。

目利きの一色香庵は、板倉屋敷の蔵検めで、村正の短刀と謀反人の扇に書いた手紙を見付けて秘かに持ち出した。そして、板倉大膳亮は、家来の柴原又四郎に一色香庵始末と村正の短刀と謀反人の扇に書かれた手紙の奪回を命じたのだ。

「して、三次。柴原又四郎は、料理屋帰りの香庵を捕まえ、村正の短刀と扇に書かれた手紙の在処《ありか》を問い質したのだな」

「はい。ですが、香庵は知らぬ存ぜぬと。それで、柴原さまは苛立《いらだ》って……」

「香庵を斬ったか……」

「はい。で、柴原さまは、香庵が最後に逢った扇屋薫風堂の久兵衛さんに村正の短刀と謀反人の扇を渡したと睨んで、今夜……」

三次は告げた。

「そうか……」

三次の話に嘘偽りは感じられない……。

半兵衛は頷いた。

「はい……」

三次は、微かな安堵を過ぎらせた。

「ならば、三次。蔵検めをしていた一色香庵に何か変わった様子はなかったかな……」

「さあ。あっしも大きな物を動かす時、手伝ったりしましたが、殆《ほとん》ど一人でやっていましてね。運び屋の小僧が、香庵のお内儀さんに頼まれて弁当を届けに来るぐらいで……」

「運び屋の小僧……」

音次郎は眉をひそめた。

「ええ……」

「三次、その運び屋の小僧ってのは、ひょっとしたら昌平橋の幸太の事か……」

音次郎は、念を押した。

「は、はい……」

三次は、戸惑った面持ちで頷いた。

「音次郎、その運び屋の幸太ってのは……」

半兵衛は尋ねた。

「はい。昌平橋の袂に佇み、荷物運びの手伝いをして手間賃を稼いでいるんです」

音次郎は告げた。

「音次郎、お前、その幸太を知っているのか……」

半次は眉をひそめた。

「ええ。所の地廻りに見ヶ〆料を出せと脅されていたのを助けてやりまして……」

「そうか。旦那……」

「うん。その幸太が、板倉屋敷の蔵検めをしていた一色香庵に弁当を届けていたか……」

「ええ。で、香庵に頼まれて村正の短刀と謀反人の扇に書いた手紙を持ち出した……」

半次は読んだ。

「よし、音次郎。明日、幸太をな……」

「はい……」

音次郎は、喉を鳴らして頷いた。

「半次は、柴原又四郎だ……」

半兵衛は命じた。

「心得ました」

半次は頷いた。

「さあて、三次、お前には暫《しばら》く大番屋の牢に入っていて貰うよ」

「だ、旦那……」

「お前が私たちの詮議を受けたと、柴原又四郎が知れば、どうなるかな……」

「えっ……」

三次は戸惑った。

「枕を高くして眠れるのは、大番屋の牢の中だけだ……」

半兵衛は笑った。

燭台《しょくだい》の明かりは隙間風に揺れた。


神田川に荷船が行き交った。

音次郎は、神田八ツ小路から昌平橋にやって来た。

昌平橋の袂に幸太はいなかった。

音次郎は、店を開けている易者に近付いた。

「やあ。いらっしゃい……」

易者は、嬉し気に音次郎を迎えた。

「いや。占いじゃあないんだ。幸太はもう荷物を運んでいるのかな……」

音次郎は尋ねた。

「なんだ、占いじゃあないのか。幸太は未だ来ちゃあいないよ」

易者は落胆した。

「未だ来ちゃあいない……」

「ああ……」

「幸太の家、何処か知っているかな……」

「確か、妻恋町《つまごいちょう》の紅梅《こうばい》長屋だって聞いた覚えがあるが……」

「妻恋町の紅梅長屋……」

「ああ……」

「造作を掛けたね。じゃあ、又……」

音次郎は妻恋町に走った。

本郷御弓町の板倉屋敷は、表門を閉めて緊張感が漂っていた。

半次は、旗本屋敷の中間頭に小粒《こつぶ》を握らせ、中間長屋の武者窓《むしゃまど》から斜向かいの板倉屋敷を見張っていた。

「板倉屋敷か……」

中間頭は眉をひそめた。

「ああ。どんな家風の旗本家かな……」

半次は訊いた。

「御先祖には謀反を疑われた豪気《ごうき》なお殿さまもいたって話だが……」

「へえ、謀反を疑われた殿さまがいたのか……」

「ああ。それに比べて今の大膳亮さまは、神経質で気の小さな殿さまだそうだぜ……」

中間頭は嘲笑した。

「へえ。大膳亮さまはそんな殿さまなのかい」

半次は苦笑した。

「だから、今の板倉家は何か薄暗い家風だよ。おっ、近習頭《きんじゅがしら》の柴原又四郎さんのお出掛けだ」

中間頭は、武者窓の外を見ながら告げた。

半次は、武者窓を覗いた。

柴原又四郎が二人の配下を従え、本郷の通りに向かって行った。

「じゃあ……」

半次は、旗本屋敷の中間長屋を出て柴原たちを追った。

妻恋町は紅梅長屋……。

音次郎は、妻恋町の自身番《じしんばん》で紅梅長屋の場所を聞いてやって来た。

「此処か……」

音次郎は、紅梅長屋の木戸から中を覗いた。

紅梅長屋の井戸端では、おかみさんたちが賑やかに洗濯《せんたく》をしていた。

音次郎は、木戸を潜って井戸端のおかみさんに近付いた。

「あの……」

音次郎は、お喋《しゃべ》りをしているおかみさんたちに声を掛けた。

「あら、何だい……」

初老のおかみさんは、前掛《まえかけ》で手を拭いながら立ち上がった。

「ちょいとお尋ねしますが、幸太さんの家は何方《どちら》ですか……」

音次郎は尋ねた。

「幸太の家。お前さんは……」

初老のおかみさんは眉をひそめた。

「はい。あっしは音次郎と云って、幸太の知り合いでして……」

「知り合い……」

「はい……」

音次郎は頷いた。

「おかよちゃん……」

「はい……」

おかみさんたちの陰で洗濯をしていた十三、四歳の娘が、手を拭いながら盥《たらい》の前から不安そうに立ち上がった。

音次郎は戸惑った。

「幸太の妹のおかよちゃんだよ」

初老のおかみさんは、盥の前にしゃがみ込んで再び洗濯を始めた。

「あの、兄ちゃんが何か……」

「ちょいと、訊きたい事がありましてね。いますか、幸太……」

「いいえ。今朝はもう出掛けました……」

「出掛けた……」

昌平橋ではない他の処に行った……。

音次郎は眉をひそめた。

「はい……」

「何処に行ったのか、分かりますか……」

「あの……」

おかよは、音次郎に不安気な眼を向けた。

「おかよちゃん、こう云う者でね……」

音次郎は、懐の十手を見せた。

「えっ。兄ちゃんが何か……」

おかよは、不安を過ぎらせた。

「違う違う。あっしは本当に幸太の知り合いで、幸太が危ない事に巻き込まれちゃあならないと……」

音次郎は慌《あわ》てた。

「そうですか。兄ちゃんは千駄木に行くと云って出掛けました」

「千駄木……」

千駄木町には、目利きの一色香庵の家がある……。

「はい……」

「おかよちゃん、おきちさんの薬、いいのかい……」

初老のおかみさんが告げた。

「はい。じゃあ……」

おかよは、奥の家に向かった。

「造作を掛けましたね……」

音次郎は、初老のおかみさんたちに挨拶《あいさつ》をして木戸に向かった。

音次郎は、紅梅長屋を出た。

幸太は、千駄木町にある一色香庵の家に行ったのかもしれない……。

音次郎は、一色香庵の家に行く事にした。

地廻りに脅された幸太が、おっ母さんの薬代と云っていたのを思い出しながら……。

音次郎は、千駄木に急いだ。

旗本板倉家近習頭の柴原又四郎は、二人の配下を従えて本郷の通りに出て、北へ向かった。

何処に行く……。

半次は尾行《つけ》た。

柴原たちは、金沢《かなざわ》藩江戸上屋敷の表門前を通り抜けて進んだ。

半次は追った。


音次郎は、不忍池の畔を根津権現に向かった。

根津権現裏の曙の里の千駄木町に……。

運び屋の幸太は、お内儀に頼まれ、板倉屋敷の蔵検めをする香庵に弁当を届けていた。

その時、幸太は香庵に村正の短刀と謀反人からの扇に書いた手紙を板倉屋敷から持ち出すように頼まれたのかもしれない。

音次郎は読み、先を急いだ。


月番《つきばん》の北町奉行所には、多くの人が出入りしていた。

半兵衛は、八文字《はちもんじ》に開けられた表門に向かった。

恰幅《かっぷく》の良い武士が供侍《ともざむらい》を従え、半兵衛と擦れ違って表門から出て行った。

「今の御仁《ごじん》は何処の誰かな……」

半兵衛は、門番に尋ねた。

「お目付《めつけ》の榊原采女正《さかきばらうねめのしょう》さまで、大久保さまにお逢いに来られました」

門番は伝えた。

「目付の榊原采女正さま……」

半兵衛は眉をひそめた。


「大久保さま……」

半兵衛は、吟味方与力の大久保忠左衛門の用部屋を訪れた。

「おう、兵衛か。入るが良い……」

忠左衛門は、書類を書いていた筆を置いて振り返り、細い筋張《すじば》った首を長く伸ばした。

「何か用か……」

「目付の榊原采女正さま、何用あって来たのですか……」

半兵衛は尋ねた。

「うむ、それなのだが半兵衛。榊原采女正どの、妙《みょう》な事を訊きに来てな」

忠左衛門は、細い首の筋を引き攣らせた。

「妙な事……」

「うむ。過日、一色香庵と申す骨董の目利きが殺された筈《はず》だが、その目利き、村正の短刀と、大昔の謀反人由井正雪が手紙を認《したた》めた扇を持っていなかったか、とな……」

忠左衛門は白髪眉《しらがまゆ》をひそめ、筋張った細い首を捻った。

「村正の短刀と由井正雪の手紙の書かれた扇ですか……」

半兵衛は、微かに緊張した。

「うむ。そうだ、半兵衛。目利き殺し、おぬしの扱いだったたな……」

「はい。して、大久保さまは何と……」

「そのような報告はないとな……」

「そうですか……」

「して、探索はどうなのだ……」

「それはもう、順調に……」

半兵衛は、笑みを浮かべて頷いた。

「それは重畳《ちょうじょう》。それにしても今時、徳川家に仇なす妖刀村正の短刀だの由井正雪の手紙だの、黴《かび》の生えた話を持って来たものだ……」

忠左衛門は、細い首の筋を引き攣らせて笑った。

目付の榊原采女正は、村正の短刀や由井正雪の扇の手紙の存在を知っており、探している。

一色香庵は、目付の榊原采女正と通じていたのか……。

半兵衛は眉をひそめた。

四

柴原又四郎と二人の配下は、本郷の通りを追分《おいわけ》に差し掛かった。

追分は、駒込片町《こまごめかたまち》から白山権現、元町、曙の里から谷中《やなか》に抜ける三叉路《さんさろ》になっている。

どっちに行くのか……。

半次は尾行た。

柴原と二人の配下は、曙の里への道筋に進んだ。

曙の里、千駄木町か……。

半次は読んだ。

千駄木町には、目利きの一色香庵の家がある。

柴原と二人の配下の行き先は、一色香庵の家なのかもしれない。

半次は睨んだ。


音次郎は、曙の里千駄木町の自身番で目利きの一色香庵の家の場所を訊き、急いだ。

一色香庵の家は板塀に囲まれた仕舞屋《しもたや》であり、木戸門に『骨董目利き一色香庵』と書かれた看板が掛けられていた。

音次郎は、木戸門を叩いた。

だが、仕舞屋から返事はなかった。

音次郎は、木戸門を押した。

木戸門は、軋《きし》みを立てて開いた。

よし……。

音次郎は、木戸門を潜って前庭を見廻した。

小さな大八車が、勝手口の傍にあった。

幸太の大八車……。

音次郎は気が付き、勝手口の板戸を開けようとした。

痩《や》せた浪人と半纏を着た男が庭先から現れ、木戸門から駆け出して行った。

どうした……。

音次郎は、庭先に向かった。

庭は居間や座敷に面しており、居間の隅にお内儀が血に塗《まみ》れて倒れていた。

音次郎は驚き、居間に上がってお内儀に駆け寄った。

「おい。しっかりしろ……」

音次郎は、胸を斬られて気を失っているお内儀を揺り動かした。

お内儀は、気を取り戻した。

「斬った浪人は、何処の奴らだ……」

「わ、分からない……」

お内儀は、掠《かす》れた声を引き攣らせた。

「じゃあ、幸太はどうした……」

「幸太さんは、短刀と扇をお目付の榊原さまに届けに……」

お内儀は、苦しく掠れ声を震わせた。

「お目付の榊原さま……」

「ええ……」

「榊原さまの屋敷は何処だ……」

「に、錦小路《にしきこうじ》……」

お内儀は、微かに告げて再び気を失った。

幸太は、神田錦小路に住む目付の榊原に短刀と扇を届けに行き、痩せた浪人と半纏を着た男が追った……。

音次郎は、事態を読んだ。

その時、戸口の格子戸が乱暴に叩かれた。

誰だ……。

音次郎は庭先から板塀の板戸に走り、掛金《かけがね》を外して裏路地に出た。

音次郎は、板戸を閉めて僅かな隙間から庭を覗いた。

柴原と二人の配下が、庭先に廻って来た。

拙《まず》い……。

音次郎は、慌てて板戸を閉めた。

音次郎は、路地から表に走り出た。

「音次郎……」

板塀の木戸門にいた半次が、音次郎に駆け寄って来た。

「親分……」

「どうした……」

「得体《えたい》の知れぬ浪人がお内儀さんを斬り、短刀と扇を神田錦小路の目付の榊原に届けに行った幸太を追ったようです」

音次郎は、己の読みを報せた。

「何だと……」

「それで……」

「追え。音次郎、幸太を追うんだ……」

半次は命じた。

「合点です」

音次郎は、猛然と走り出した。

神田錦小路に行くには、不忍池の畔から明神下の通りを抜け、神田川に架かっている昌平橋を渡り、内濠《うちぼり》神田橋御門に向かえば良い。

おそらく、幸太もその道筋で行く筈だ。

そして、得体の知れぬ瘦せた浪人と半纏を着た男も……。

音次郎は読み、走った。

不忍池に続く掘割沿いの道は、小さな寺の連なりと武家屋敷の土塀の間にあり、行き交う人は少なかった。

幸太は、細長い箱を風呂敷に包んで背負い、掘割沿いの道を足早に進んだ。

駆け寄って来る男たちの足音が、背後から聞こえた。

幸太は振り返った。

瘦せた浪人が、半纏を着た男と駆け寄って来た。

追手《おって》だ……。

幸太は気が付き、走り出した。

「待て……」

「幸太……」

痩せた浪人と半纏を着た男は、慌てて走り出した幸太を追った。

不忍池には水鳥が遊んでいた。

幸太は、不忍池の畔に出て、明神下の通りに続く道のある茅町《かやちょう》に向かった。

痩せた浪人と半纏を着た男は、逃げる幸太を追った。

幸太は、必死に逃げた。

次の瞬間、幸太は木の根に躓《つまず》いて道端に倒れ込んだ。

「此の糞がき……」

半纏を着た男は怒鳴り、道端に倒れた幸太に飛び掛かった。

幸太は、咄嗟《とっさ》に道端の土塊《つちくれ》を摑《つか》んで投げた。

土塊は、半纏を着た男の顔に当たった。

半纏を着た男は、驚いて仰け反った。

幸太は、素早く跳《は》ね起《お》きた。

「幸太、香庵のお内儀に頼まれた荷物、渡して貰おうか……」

痩せた浪人は、幸太に迫った。

「嫌だ。お内儀さんに頼まれたんだ。渡さないぞ。泥棒……」

幸太は、声を震わせた。

「幸太、手前、死にたいのか……」

痩せた浪人は、嘲笑を浮かべた。

「北村《きたむら》の旦那、さっさとぶち殺して下さい」

半纏を着た男は、不忍池で顔を洗って怒鳴った。

「落ち着け、竹造《たけぞう》……」

北村と呼ばれた痩せた浪人は、半纏を着た男を制した。そして、抜き打ちに構え、嘲笑を浮かべて幸太に迫った。

幸太は、喉を鳴らして後退《あとずさ》りをした。

「幸太。背中の荷物を渡せ……」

北村は、幸太を見据えて告げた。

「い、嫌だ……」

幸太は、嗄れ声を引き攣らせた。

「そうか。ならば、竹造の云う通りに……」

北村は、抜き打ちの構えを取って幸太に向かって踏み込もうとした。

刹那《せつな》、呼《よ》び子笛《こぶえ》が甲高《かんだか》く鳴り響いた。

北村と竹造は怯《ひる》んだ。

幸太は、身を翻《ひるがえ》して逃げた。

「幸太……」

北村と竹造は焦《あせ》った。

呼び子笛は鳴り響いた。

北村と竹造は、慌てて幸太を追った。

音次郎が木陰から現れ、北村と竹造を追った。

幸太は、追って来る北村と竹造の追跡から逃れる為、傍らの道に曲がり、家並みの路地に駆け込んだ。

竹造は追った。

北村は続いた。

音次郎は、家並みの路地の先を読んで一方に走った。

幸太は、路地を駆け抜けて明神下の通りに出て物陰に潜んだ。

竹造と北村は、追って来なかった。

どうにか撒《ま》いたか……。

幸太は、吐息を洩らして物陰を出た。

「幸太……」

音次郎が、駆け寄って来た。

「音次郎の兄貴……」

幸太は、音次郎に気が付いて顔を輝かせた。

「怪我はないか……」

音次郎は尋ねた。

「はい。兄貴ですか、呼び子笛を鳴らして助けてくれたのは……」

「ああ。行き先は神田錦小路だな」

「ええ……」

幸太は頷いた。

「よし。じゃあ、行くぞ……」

「はい……」

音次郎と幸太は、神田川に架かっている昌平橋に向かった。

「何、神田錦小路の目付の榊原采女正の屋敷だと……」

半兵衛は眉をひそめた。

「はい。幸太が短刀と扇を届けに行き、一色香庵のお内儀を斬った得体の知れぬ浪人たちが追ったそうです」

半次は告げた。

「して、音次郎が追っているのだな」

「はい……」

「そうか。して、柴原たちはどうした」

「香庵のお内儀が斬られているのを見て引き上げましたが、あっしはお内儀さんを医者に担ぎ込んだりしていて、柴原たちが何処に行ったのかは……」

半次は、悔《くや》し気に首を捻った。

「分からないか……」

「はい。お内儀さんが助かるかどうかも……」

半次は、眉を曇らせた。

「仕方がないさ。とにかく、我々も神田錦小路の榊原屋敷に行ってみよう」

「はい……」

半次は頷いた。

半兵衛は、半次を伴って神田錦小路に急いだ。


神田川に架かってる昌平橋には、多くの人が行き交っていた。

音次郎は、昌平橋を窺った。

昌平橋の袂には、痩せた浪人の北村が佇んで明神下の通りを見張っていた。

音次郎は、待たせていた幸太の許に駆け戻った。

「昌平橋には北村が見張っている……」

音次郎は告げた。

「じゃあ、隣の筋違《すじかい》御門に……」

幸太は、昌平橋の隣に架かっている筋違御門を見た。

「いや。筋違御門には、きっと竹造の奴がいる筈だ」

音次郎は読んだ。

「じゃあ……」

幸太は戸惑った。

「よし。もう一つ先の和泉橋《いずみばし》を渡って行こう」

音次郎は決め、幸太を促して神田川の北側の道を柳橋の方に向かった。

神田川に架かっている和泉橋を渡ると、神田八ツ小路と両国広小路を結んでいる柳原《やなぎわら》通りになる。

音次郎と幸太は、柳原通りの裏通りから神田須田町に進んだ。そして、神田須田町二丁目と丹波《たんば》国篠山《ささやま》藩江戸上屋敷の間を進んで錦小路に急いだ。

神田錦小路の両側には、旗本屋敷が連なっていた。

「榊原さまのお屋敷は此の先です」

幸太は、音次郎と共に進んだ。そして、三叉路に差し掛かった時、脇道から柴原と二人の配下が出て来た。

「うわ……」

音次郎と幸太は驚いた。

「おのれ。幸太だな……」

柴原は怒鳴った。

「逃げろ……」

音次郎は、幸太を脇道に逃がして身構えた。

「退《ど》け、下郎《げろう》……」

柴原は、抜き打ちの一刀を放った。

音次郎は、咄嗟に身を投げ出して躱《かわ》した。

柴原が幸太を追い、二人の配下が音次郎に斬り掛かった。

音次郎は、十手で刀を打ち払って素早く立ち上がり、身構えた。

「おのれ……」

二人の配下は、刀を構えて音次郎に迫った。

「畜生……」

音次郎は、十手を構えて後退りした。

「死ね。下郎……」

配下の一人が、音次郎に斬り付けた。

刹那、目潰《めつぶ》しが飛来し、刀を翳《かざ》した配下の一人の顔に当たり、灰色の粉を舞い上げた。

配下は怯んだ。

半次が現れ、怯んだ配下に体当たりをした。

怯んだ配下は倒れた。

「親分……」

音次郎は、素早く半次の背後に逃れた。

「ああ。大丈夫か、音次郎……」

半次は十手を構えた。


幸太は逃げた。

そして、内濠に架かる一ツ橋《ひとつばし》御門前の一番御火除地《おひよけち》に出た。

火除地の茂みで追手を撒く……。

幸太は、一番御火除地に逃げ込んだ。

「待て、小僧……」

追って来た柴原が一番御火除地に踏み込んだ。

「よし。幸太、逃げるのは此迄だ……」

半兵衛が現れ、幸太を庇《かば》うように柴原の前に立ち塞《たちふさ》がった。

柴原は、立ち止まった。

幸太は、怪訝な面持ちで半兵衛を窺った。

「旗本板倉家家中の柴原又四郎どのか……」

半兵衛は笑い掛けた。

「おぬしは、確か……」

柴原は眉をひそめた。

「北町奉行所臨時廻り同心白縫半兵衛……」

「白縫どの、その者は板倉家の家宝を盗んだ一味の者……」

「ほう。妖刀村正の短刀と謀反人の由井正雪が扇に書き記した手紙、旗本板倉家の家宝なのですか……」

半兵衛は眉をひそめた。

「な、何……」

柴原は怯んだ。

「徳川将軍家に仇なす村正の短刀と謀反人由井正雪の手紙が家宝と云うのなら、旗本板倉大膳亮さまは……」

「違う。我が殿大膳亮さまに謀反の志などある筈がない……」

柴原は焦った。

「うむ。私もそう思う……」

半兵衛は苦笑した。

「ならば、白縫どの……」

「何故、目利きの一色香庵を斬った……」

半兵衛は、柴原の言葉を遮《さえぎ》って厳しく見据えた。

「一色香庵は板倉屋敷の物を盗み、返さぬ盗賊。それ故、斬り棄てた」

柴原は吐き棄てた。

「ならば、目付に報せる迄……」

半兵衛は苦笑した。

刹那、柴原は半兵衛に斬り付けた。

半兵衛は、腰を僅かに沈めて刀を一閃《いっせん》した。

煌めきが交錯した。

微風《そよかぜ》が吹き抜け、火除地の雑草が揺れた。

柴原は、悔しそうに顔を歪めて倒れた。

半兵衛は、刀を静かに鞘《さや》に戻した。

半次と音次郎が駆け寄って来て、倒れている柴原に気が付いた。

「うん。二人の配下はどうした……」

「逃げました」

「そうか……」

半兵衛は、幸太に振り向いた。

幸太は、背負っていた荷物を抱えて呆然《ぼうぜん》と佇んでいた。

「幸太……」

半兵衛は笑い掛けた。

「御苦労だったね。届け物は私が始末するよ」

「は、はい……」

幸太は、緊張した面持ちで頷き、抱えていた荷物を差し出した。

音次郎は受け取った。

残るは、一色香庵のお内儀を斬った浪人の北村と竹造……。

北村と竹造は、何者かに頼まれて妖刀村正の短刀と由井正雪の扇に書かれた手紙を奪おうとしている。

半兵衛は読んだ。

頼んだのは誰なのか……。

半兵衛は、半次に昌平橋の袂にいる浪人の北村を見張らせた。

浪人の北村は、幸太が現れないのに苛立ち、竹造と神田八ツ小路から日本橋に向かった。

半次は尾行た。

浪人の北村と竹造は、京橋の扇屋『薫風堂』の暖簾を潜った。

半次は見定めた。

浪人の北村と竹造は、扇屋『薫風堂』の久兵衛に雇われ、妖刀村正の短刀と由井正雪の扇の手紙を奪おうとしていたのだ。

背後に潜んでいるのは、扇屋『薫風堂』久兵衛……。

半兵衛は睨み、扇屋『薫風堂』久兵衛と浪人の北村竜太郎《りゅうたろう》と博奕打《ばくちう》ちの竹造をお縄にした。

久兵衛は自白した。

妖刀村正の短刀と謀反人由井正雪の扇の手紙……。

大久保忠左衛門は、細い首の筋を引き攣らせて唸《うな》った。

「して、半兵衛。此の短刀と扇の手紙、本物なのか……」

忠左衛門は、細い首を伸ばした。

「肝心なのはそこですが、私の知り合いの目利きは……」

「うむ。何と目利きしたのだ」

忠左衛門は、細い首の筋を引き攣らせた。

「おそらく贋作《がんさく》だろうと……」

半兵衛は、忠左衛門を見据えて告げた。

「贋作だと……」

忠左衛門は、白髪眉をひそめた。

「はい……」

半兵衛は頷いた。

「そうか。そして、目利きの一色香庵を殺した板倉家家中の柴原又四郎は、半兵衛が斬り棄てたのだな」

「はい。抗《あらが》い手向《てむ》かったので咄嗟に……」

「うむ。して、一色香庵のお内儀を斬った浪人は……」

「はい。北村竜太郎と申しまして扇屋薫風堂久兵衛に頼まれ、由井正雪の扇の手紙を奪おうとしてお内儀を斬った。幸《さいわ》いにもお内儀は命を取り留めましたが……」

半兵衛は告げた。

「そうか、良く分かった。御苦労だったな」

忠左衛門は、半兵衛を労った。

「して、大久保さま。此の妖刀村正の短刀と由井正雪の扇の手紙の始末、どのように……」

半兵衛は尋ねた。

「うむ。贋作ならば只の骨董品。板倉家に返す迄だ」

忠左衛門は、細い筋張った首を伸ばして笑った。

「成《な》る程《ほど》。それが宜しいかと……」

半兵衛は頷いた。

評定所は、旗本板倉家を家中《かちゅう》取締《とりしまり》不行届《ふゆきとどき》として減知《げんち》と当主大膳亮に隠居《いんきょ》を命じた。

忠左衛門は、扇屋『薫風堂』久兵衛、浪人北村竜太郎、博奕打ちの竹造を遠島《えんとう》の刑に処した。

神田八ツ小路は賑わっていた。

「贋作ですか……」

半次は眉をひそめた。

「ああ。今頃、大昔の骨董品が世間を騒がす事もあるまい……」

半兵衛は云い放った。

「世の中には、私たちが知らん顔をした方が良い事もありますか……」

半次は苦笑した。

「旦那、親分……」

音次郎が一方を示した。

幸太が、荷物を積んだ小さな大八車を威勢良く牽いて行った。

「運び屋の幸太か。音次郎、いろいろ相談に乗ってやるのだな……」

半兵衛は微笑んだ。

第三話　結び文

一

非番《ひばん》の北町奉行所は表門を閉じ、与力や同心たちは脇門から出入りしていた。

半兵衛は、半次や音次郎と脇門を潜《くぐ》った。

「じゃあ旦那、あっしたちは腰掛で待っています」

半次は告げた。

「うん。大久保さまに見付かる前に必ず戻るよ……」

半兵衛は、半次と音次郎を表門脇の腰掛に待たせ、笑いながら同心詰所《つめしょ》に向かった。

町奉行所は非番でも休みではなく、月番《つきばん》の時同様に市中の見廻りをし、扱った事件の探索や始末をしていた。

「おはよう……」

半兵衛は、同心詰所に入った。

「あっ、半兵衛さん……」

当番同心が声を掛けて来た。

「うん、ではな。うん……」

半兵衛は、当番同心に笑い掛けて同心詰所から出掛けようとし、凍《い》て付《つ》いた。

吟味方与力の大久保忠左衛門が、当番同心の隣で茶を啜《すす》っていた。

「此《これ》は此《これ》は、大久保さま……」

半兵衛は、慌《あわ》てて挨拶《あいさつ》をした。

「うむ。半兵衛、儂《わし》の用部屋に参れ……」

忠左衛門は、筋張《すじば》った細い首を伸ばして命じた。

「は、はい……」

半兵衛は、機先《きせん》を制《せい》せられて返事をした。

又、面倒を押し付けられる……。

半兵衛は項垂《うなだ》れた。

「お邪魔します」

半兵衛は、忠左衛門の用部屋に入った。

「うむ。先《ま》ずは此を読んでみろ……」

忠左衛門は、半兵衛に結《むす》び文《ぶみ》を差し出した。

結び文……。

「あの、此は……」

「良いから読んでみろ……」

忠左衛門は、苛立《いらだ》たし気に細い首の筋を引《ひ》き攣《つ》らせた。

「は、はい……」

半兵衛は、結び文を解《ほど》いて読んだ。

『明日、子《ね》の刻九つ（午前零時）。盗賊の押し込みの企《くわだ》てあり』

結び文には、短くそう書かれてあった。

「垂《た》れ込《こ》みですか……」

半兵衛は眉をひそめた。

「どうやらな……」

忠左衛門は、筋張った細い首で頷《うなず》いた。

「して、明日と云《い》うのは……」

「今日だ……」

「今日……。で、結び文の出処《でどころ》は……」

「昨日、日本橋は伊勢町《いせちょう》の薬種問屋《やくしゅどんや》秀峰堂《しゅうほうどう》に投げ込まれていてな。店仕舞《みせじま》いの時に見付け、昨夜、番頭の彦兵衛《ひこべえ》が予《かね》てから顔見知りの儂の屋敷に持って来た」

「伊勢町の薬種問屋秀峰堂ですか……」

「うむ。そこでだ、半兵衛。此《こ》の一件、おぬしに任せる」

「えっ……」

「結び文が本当なら一大事だ。早々に調べてみろ。良いな……」

忠左衛門は、筋張った細い首を伸ばして命じた。

「はい……」

半兵衛は、吐息《といき》混《ま》じりに頷いた。

日本橋伊勢町は西堀留川《にしほりどめがわ》沿いにあり、薬種問屋『秀峰堂』は堀端にあった。

半兵衛は、半次や音次郎と西堀留川越しに薬種問屋『秀峰堂』を眺《なが》めた。

薬種問屋『秀峰堂』の前の船着場には荷船が着き、諸国から届いた荷が人足や店の者たちによって店の中に運び込まれていた。

「かなり繁盛《はんじょう》しているようですね」

半次は読んだ。

「うむ……」

半兵衛は頷いた。

「それに、秀峰堂を見張っているような奴はいませんね……」

半次は、薬種問屋『秀峰堂』の周囲を見廻《みまわ》して告げた。

「ああ……」

「それにしても、垂れ込んだのは、どんな奴なんですかね……」

音次郎は首を捻《ひね》った。

「盗賊一味じゃあなければ、押し込む日や刻限も分からないだろうし……」

半次は眉をひそめた。

「一味の者なら何故、垂れ込んだのか……」

半兵衛は苦笑した。

「ええ……」

半次と音次郎は頷いた。

「よし。半次と音次郎は、秀峰堂と主《あるじ》の吉右衛門《きちえもん》の評判を聞き込んでくれ。私は吉右衛門に逢《あ》ってみる」

半兵衛は、薬種問屋『秀峰堂』を眺めた。

「おいでなさいまし……」

半兵衛は、巻羽織《まきばおり》を脱いで着流《きなが》し姿で薬種問屋『秀峰堂』を訪れ、奉公人と薬の匂いに迎えられた。

半兵衛は、帳場《ちょうば》の老番頭の許《もと》に向かった。

「いらっしゃいませ……」

老番頭は、半兵衛を迎えた。

「うむ。おぬしが番頭の彦兵衛かな……」

半兵衛は、老番頭に懐《ふところ》の十手《じって》を見せた。

「はい。彦兵衛にございますが、白縫さまにございますか……」

老番頭は名乗り、声を潜《ひそ》めた。

「う、うむ。話を聞きに来た」

半兵衛は、老番頭の彦兵衛が己の名を知っている事に苦笑した。

忠左衛門は、昨夜の内から此《こ》の一件を半兵衛に扱わせる事にしていたのだ。

食えない親父だ……。

半兵衛は苦笑した。

「白縫さま。では、此方《こちら》でどのような薬が効くかお調べ致しますので、詳《くわ》しくお聞かせ下さい。どうぞ……」

彦兵衛は、下手《へた》な芝居を打ちながら半兵衛を店の隅の部屋に誘《いざな》った。

「うむ……」

半兵衛は、彦兵衛に誘われて店の隅の座敷に向かった。

彦兵衛は、半兵衛に茶を差し出した。

「どうぞ……」

「忝《かたじけな》い……」

「主の吉右衛門、直《す》ぐに参ります」

彦兵衛は告げた。

「うむ……」

半兵衛は、茶を啜った。

美味《うま》い、高値の茶だ……。

薬種問屋『秀峰堂』は繁盛しており、盗賊に狙われても不思議はないようだ。

半兵衛は苦笑した。

「お待たせ致しました」

職人姿の二十代半ばの男が入って来た。

「秀峰堂主の吉右衛門にございます」

職人姿の二十代半ばの男は、主の吉右衛門だと名乗った。

「うむ。北町奉行所臨時廻り同心の白縫半兵衛だ。此の結び文は読んだが……」

半兵衛は名乗り、結び文を差し出した。

「はい……」

「投げ込んだ者に心当たりはないのかな……」

半兵衛は尋ねた。

「はい。番頭さんといろいろ考えたのですが、ございません」

吉右衛門は告げ、彦兵衛が頷いた。

「ならば、文字に見覚えは……」

「文字ですか……」

吉右衛門は、彦兵衛を窺《うかが》った。

彦兵衛は、首を横に振った。

「ございません……」

吉右衛門は、半兵衛に告げた。

「そうか。ならば尋ねるが、此処《ここ》一年の間に奉公した者はいるかな……」

「おりません。それから奉公人の身許《みもと》は、皆はっきりしております」

彦兵衛は告げ、吉右衛門は頷いた。

「そうか……」

どうやら、薬種問屋『秀峰堂』は、老番頭の彦兵衛が奉公人たちを雇い、取り仕切っているようだ。

「そうか。此処一年の間に雇われた者はおらず、身許もはっきりしているか……」

「はい……」

彦兵衛は頷いた。

「ならば尋ねるが、結び文は店を閉めようとしていた時に見付けたんだね」

「はい。誰がいつ、投げ込んで行ったのかは分かりません……」

彦兵衛は、申し訳なさそうに首を横に振った。

「そうか……」

「で、白縫さま。何かお分かりになりましたか……」

彦兵衛は尋ねた。

「いや。さっぱりだ」

半兵衛は苦笑した。

「さっぱり……」

「そうですか……」

吉右衛門と彦兵衛は、不安を過《よ》ぎらせた。

「ま、今夜、子の刻九つ。結び文が本物か偽物《にせもの》か分かるだろう……」

半兵衛は笑った。


西堀留川に映《は》える月影が揺れた。

亥《い》の刻四つ（午後十時）を報《しら》せる寺の鐘の音が、夜空に響いた。

半兵衛は、西堀留川に架かる雲母橋《きらずばし》の袂《たもと》から薬種問屋『秀峰堂』を見守った。

西堀留川沿いの道に人通りはなく、薬種問屋『秀峰堂』は明かりを灯《とも》していた。

半次が、暗がり伝いに半兵衛の許にやって来た。

「どうだ……」

半兵衛は迎えた。

「横手や裏手に盗賊一味と思われる者や見張っているような奴はいませんね」

半次は報せた。

「そうか。表にも妙な奴は現れないよ」

半兵衛は告げた。

「そうですか。それにしても秀峰堂、中々《なかなか》明かりが消えませんね」

半次は、明かりの灯されている薬種問屋の『秀峰堂』に戸惑いを浮かべた。

「ああ。朝迄《まで》、灯している筈《はず》だ」

半兵衛は告げた。

「盗賊が来ても、押し込みませんか……」

半次は頷いた。

「うむ。我々が取り囲んで警戒すれば盗賊は寄り付かず、かと云って下手《へた》に誘《おび》き寄《よ》せて押し込まれ、万が一、犠牲者が出たら元も子もないからね」

「旦那のお指図《さしず》ですか……」

半次は読んだ。

「まあな……」

半兵衛は苦笑した。

夜廻《よまわ》りの木戸番《きどばん》の打つ拍子木《ひょうしぎ》の音が、夜空に甲高《かんだか》く鳴り響いた。


夜は更け、西堀留川の堀留《ほりどめ》に小さな波が打ち付けた。

薬種問屋『秀峰堂』は明かりを灯し続けた。

半兵衛と半次は見張った。

盗賊らしい不審な者は現れず、刻は過ぎた。

子の刻九つが近付いた。

半兵衛と半次は緊張した。

僅《わず》かな刻が過ぎ、子の刻九つの鐘の音が響いた。

「子の刻九つだ……」

半兵衛は告げた。

「はい……」

半次は、喉《のど》を鳴らして頷いた。

西堀留川に櫓《ろ》の軋《きし》みが響き、道浄橋《どうじようばし》の下から屋根船《やねぶね》が現れた。

「旦那、あの屋根船……」

半次は眉をひそめた。

「ああ。おそらく盗賊だ……」

半兵衛は頷いた。

屋根船は、ゆっくりと近付いて来た。そして、薬種問屋『秀峰堂』の見える処で止まった。

「旦那……」

「ああ。秀峰堂に明かりが灯っているのを見て戸惑っているのだろう」

半兵衛は読んだ。

「ええ……」

半次は、屋根船を見詰めた。

屋根船は、舳先《へさき》を返し始めた。

「旦那。舳先を返しています」

「秀峰堂に明かりが灯されているのに戸惑い、押し込みを止めたんだろう」

「はい。きっと……」

屋根船は舳先を返し、西堀留川を戻って道浄橋を潜《くぐ》り、闇の奥を曲がって行った。

道浄橋の船着場から猪牙舟《ちよきぶね》が動き出し、屋根船を追って行った。

棹《さお》を操《あやつ》る猪牙舟の船頭は、半兵衛や半次をちらりと見て屋根船を追った。

船頭は音次郎だった。

「音次郎、行き先と何処《どこ》の盗賊か、見届けられれば良いんですがね」

半次は心配した。

「ま。盗賊だと分かれば良い。無理はするなと云ってある」

半兵衛は、盗賊が船で来ると睨《にら》み、音次郎に猪牙舟を用意させてあった。

「そうですか。ま、此であの結び文が本物であり、盗賊が秀峰堂に押し込もうとしているのは、はっきりしましたね」

半次は笑った。

「うむ。さあて、念の為、もう暫《しばら》く見張ってみよう」

半兵衛は慎重だった。

「はい……」

半次は頷いた。

薬種問屋『秀峰堂』は明かりを灯し続け、半兵衛と半次は見張り続けた。

屋根船は、西堀留川から日本橋川に出た。

音次郎は猪牙舟を操り、慎重に尾行《つけ》た。

屋根船は、日本橋川から三ツ俣《みつまた》に進んで大川《おおかわ》を北に向かった。

大川を遡《さかのぼ》る……。

音次郎は追った。


大川には船が疎《まば》らに行き交い、船行燈《ふなあんどん》の明かりが流れに揺れていた。

音次郎は、猪牙舟を操って慎重に屋根船を追った。

屋根船は両国橋《りようごくばし》を潜り、神田川や公儀《こうぎ》米蔵の浅草御蔵《あさくさおくら》などを西側に見ながら大川を進んだ。

音次郎は追った。

屋根船は、浅草御蔵の外れから御厩河岸《おんまやがし》の傍を通り抜けた。

その先は駒形堂《こまがたどう》に吾妻橋《あづまばし》。そして、浅草花川戸町《はなかわどまち》から浅草今戸町《いまどちよう》に続く……。

音次郎は、屋根船を追った。
大川は、吾妻橋から先の上流を隅田川《すみだがわ》と呼ばれている。
屋根船は吾妻橋を潜り、隅田川を進んで山谷堀《さんやぼり》に曲がった。
山谷堀……。
音次郎は、続いて山谷堀に曲がろうとして、慌てて猪牙舟を止めた。
屋根船は、山谷堀に架かっている今戸橋の船着場に船縁《ふなべり》を寄せていた。
音次郎は、今戸橋の船着場が見える岸辺に猪牙舟を寄せ、屋根船を眺めた。
船頭は、屋根船を船着場に舫《もや》い始めた。
男たちが、屋根船から船着場に下り始めた。
一人、二人、三人……。
屋根船を下りた男たちは六人おり、船頭が辺りを窺っていた。
下手に動けない……。
音次郎は待った。
船頭は、六人の男たちが下りるのを見届けて続いた。
音次郎は、猪牙舟を船着場に素早く寄せて舫い、船頭を追った。

音次郎は、船着場から浅草今戸町の通りに出た。

先に屋根船から下りた六人の男たちは、既に何処にも見えなかった。

くそ……。

音次郎は苛立ち、隅田川沿いの道を行く船頭を尾行た。

船頭は、雨戸を閉めている小さな飲み屋に入って行った。

音次郎は見届けた。

屋根船に乗っていた六人の男は、小さな飲み屋にいるのか……。

何《いず》れにしろ、船頭を見張り、締《し》め上《あ》げれば分かる事だ。

よし……。

音次郎は、此の事を半兵衛と半次に報せる事にした。

二

「そうか。盗賊ども本当に現れたか……」

大久保忠左衛門は、筋張った細い首を伸ばした。

「はい。屋根船で現れ、秀峰堂に明かりが灯されているのを見て、引き上げました」

　半兵衛は告げた。

「それは重畳《ちょうじょう》。して、何処の盗賊共だ……」

「そいつは未だですが。大久保さま、薬種問屋の秀峰堂、主の吉右衛門は未だ二十代半ばの若さで、番頭の彦兵衛は六十歳過ぎで店の切り盛りをしている。秀峰堂とはどんな店なのですか……」

　半兵衛は尋ねた。

「うむ。半兵衛、儂も良く知っている訳ではないが、秀峰堂は十年前に先代の吉右衛門が卒中《そっちゅう》で急に亡くなった。番頭の彦兵衛は、残された十五歳の倅《せがれ》の吉助《きちすけ》に吉右衛門の名を継《つ》がせて旦那にし、後ろ盾《うしだて》になって秀峰堂を盛り立てて来た。しかし、吉右衛門は商売より薬草の方に興味を持ってな、店は彦兵衛に任せているようだ」

　忠左衛門は、細い首の筋を震わせた。

「成《な》る程《ほど》……」

　半兵衛は、職人姿の吉右衛門を思い出した。

「だがな、半兵衛。実は秀峰堂には倅がもう一人いてな。うん……」

忠左衛門は、己の言葉に頷いた。

「倅がもう一人……」

半兵衛は、戸惑いを浮かべた。

「うむ。吉平《きっぺい》と申す長男がいたのだが、此奴《こやつ》が遊び人でな。二十年程前、確か十六歳の時、先代の怒りを買って勘当《かんどう》されたのだ」

忠左衛門は、白髪眉をひそめた。

「二十年程前に勘当された長男の吉平……」

半兵衛は知った。

「うむ。それで江戸から姿を消してな。生きていれば、三十六歳ぐらいになるか……」

「生死の程は分らないのですか……」

「うむ……」

「吉平が勘当になった時、今の旦那、弟の吉助は五歳ぐらいですか……」

半兵衛は読んだ。

「うむ。そうなるかな。ま、その時、儂も当時の旦那や番頭の彦兵衛にいろいろ相談されたものだ……」

忠左衛門は、吐息混じりに細い首で頷いた。

「ほう。そうだったのですか……」

半兵衛は、忠左衛門と薬種問屋『秀峰堂』との拘《かか》わりが、古いものだと知った。

隅田川には様々な船が行き交っていた。

半次と音次郎は、隅田川沿いの道の家並みにある茶店を眺めた。

茶店では、中年の亭主が客の相手をしていた。

「茶店の亭主が昨夜の屋根船の船頭です」

音次郎は、茶店の亭主を示した。

「名前は……」

半次は尋ねた。

「自身番で聞いた処《ところ》、名前は千吉《せんきち》。今戸橋の袂の飲み屋の大年増《おおどしま》の女将《おかみ》と出来ているそうですぜ……」

音次郎は苦笑した。

「で、一人暮らしか……」

「はい。小さな茶店です。屋根船に乗っていた六人の盗賊が潜んでいるとは思えません」

音次郎は、茶店を見詰めて読んだ。

「うん……」

半次は、音次郎の読みに頷いた。

「ま、盗賊共、此の茶店の近くにいると思うんですがね」

「だろうな。千吉を見張り、出掛ける先や繋《つな》ぎを取りに来る者を洗うか……」

半次は告げた。

「ええ。盗人宿、必ず突き止めてやりますよ」

音次郎は、張り切った。


薬種問屋『秀峰堂』には、医者や僧侶や行商の薬屋などが出入りしていた。

半兵衛は、浪人姿で薬種問屋『秀峰堂』の周囲を窺った。

裏木戸の前で経《きよう》を読んでいた托鉢坊主《たくはつぼうず》が、台所女中からお布施《ふせ》を頭陀袋《ずだぶくろ》に入れて貰っていた。そして、礼の経を一段と声を張り上げて読みながら立ち去って行った。

半兵衛は見送った。

薬種問屋『秀峰堂』の周囲には、見張っている者や盗賊一味と思われる不審な者はいなかった。

半兵衛は、座敷で旦那の吉右衛門や老番頭の彦兵衛と向かい合った。

「そうですか、盗賊が本当に来ましたか……」

彦兵衛は、白髪眉をひそめた。

「うむ。西堀留川を屋根船でな。だが、秀峰堂に明かりが灯されているのを見て戻って行ったよ」

半兵衛は告げた。

「それは良かった。白縫さまのお指図通りにしたお陰です」

彦兵衛は、白髪頭を下げた。

「いやいや……」

「それで白縫さま。盗賊は何処の誰なんですか……」

旦那の吉右衛門が訊いた。

「そいつは、未だ分からない……」

半兵衛は苦笑した。

「そうですか……」

吉右衛門は眉をひそめた。


半兵衛は、老番頭の彦兵衛に見送られて裏口から出た。

「白縫さま、いろいろと御造作をお掛けしますが、宜しくお願い致します」

彦兵衛は、半兵衛に頭を下げた。

「いや。こっちも役目。気遣《きづか》いは無用だ」

半兵衛は笑った。

「ありがとうございます」

「処《ところ》で彦兵衛。二十年前。先代に勘当された吉平の消息《しょうそく》、今でも分からないのかい……」

半兵衛は、不意に尋ねた。

「白縫さま……」

彦兵衛は、不意の質問に戸惑いを浮かべた。

「うん。大久保さまに聞いたよ」

半兵衛は笑った。

「大久保さまに……」

「ああ……」

「そうでしたか……」

「うん。して、吉平は……」

「相変わらず消息は知れず、風の噂《うわさ》もありません……」

彦兵衛は、淋《さみ》し気に告げた。

「そうか。ま、達者《たっしゃ》でいれば今年で幾つだ……」

「三十六歳になりますか……」

彦兵衛は、指を折って数えた。

「となると、旦那の吉右衛門は……」

「十歳程違いの二十五歳でして、当時は五歳。兄さまの吉平さまに可愛がって貰った事など、何も覚えちゃあいないでしょう」

彦兵衛は告げた。

「うむ。五歳だったら無理もないか……」

半兵衛は頷いた。

「白縫さま、此度《こたび》の盗賊に吉平さまが拘《かか》わっていると……」

彦兵衛は、満面に緊張を浮かべた。

「いや。吉平が盗賊と拘わりがあるのかどうかは分からぬが、結び文が気になってね」

「そうですか……」

彦兵衛は、白髪眉をひそめた。

「して、彦兵衛。二十年前、吉平が遊び廻るようになったのは何故かな……」

半兵衛は尋ねた。

「さあ、先代の旦那さまは、吉平さまを秀峰堂の跡継《あとつ》ぎと決め、吉平さまも何の不平不満もないと思っていたのですが、急に……」

「遊び始めたのか……」

「はい。悪い仲間と出掛けた切り、家にも寄り付かなくなりまして……」

彦兵衛は、哀し気に顔を歪《ゆが》めた。

「そうか……」

半兵衛は、長男の吉平が何故に勘当される程、身を持《も》ち崩《くず》したのか気になった。

「彦兵衛、その頃、吉平と連《つる》んでいた悪い仲間、覚えているかな……」

半兵衛は笑い掛けた。

千吉の茶店には、今戸橋の船着場を利用する者や行商人が立ち寄っていた。

半次と音次郎は、茶店に来る客の中に不審な者を捜した。だが、盗賊の一味と思《おぼ》しき者は中々現れなかった。

半次は、音次郎に見張りを任せ、亭主の千吉の素性《すじよう》を詳しく調べる事にした。


半兵衛は、北町奉行所の同心部屋に戻り、囲炉裏端《いろりばた》で茶を淹《い》れようとした。

「あっ。半兵衛さん……」

定町廻り同心の風間鉄之助《かざまてつのすけ》が、半兵衛に声を掛けて来た。

「おう。何だい、風間……」

「今、半兵衛さん、盗賊絡《がら》みの一件を追っていると聞きましたが……」

「ああ。何か知っているのか……」

「いえ。昨日、市中見廻りで浅草は浅草寺《せんそうじ》に寄ったのですがね。岡っ引の辰蔵《たつぞう》が広小路で盗賊鬼坊主《おにぼうず》の長五郎《ちようごろう》一味の竜吉《りゆうきち》って野郎を見掛けましてね……」

風間は、茶を啜りながら告げた。

「鬼坊主の長五郎……」

半兵衛は眉をひそめた。

「ええ。御存知ですか……」

「鬼坊主の名前だけはな。で、その一味の竜吉ってのが、浅草広小路にいたのか……」

半兵衛は訊いた。

「ええ。ま、辰蔵も雑踏《ざっとう》の中でちらりと見ただけで、良く似た別人かもしれないと、はっきりしないのですが、探索の役に立てばと思いましてね」

「いや。何処の盗賊か、何も浮かばなくて困っていたのだ。助かったよ」

半兵衛は笑った。

「そいつは良かった。じゃあ……」

風間は、茶を啜りながら自席に戻った。

「盗賊鬼坊主の長五郎一味か……」

半兵衛は、盗賊鬼坊主の長五郎を調べてみる事にし、囲炉裏端で茶を淹れ始めた。

隅田川には様々な船が行き交った。

半次は、浅草今戸町の木戸番を訪れていた。

「出涸《でが》らしだよ」

老木戸番の善三《ぜんぞう》は、半次に出涸らし茶を差し出した。

「此奴は済まないね。善三の父っつあん……」

半次は、縁台《えんだい》に腰掛けて茶を啜った。

「茶店の千吉かい……」

木戸番の善三は、半次の隣に腰掛けた。

「ええ。素性、知っていますか……」

「ああ。元々は船宿の船頭《おおもう》だったんだが、博奕《ばくち》に現《うつつ》を抜かして暇《ひま》を出されてね。そいつが或る日、博奕で大儲けをしたと抜かして、あの茶店を居抜《いぬ》きで買ったんだよ」

善三は苦笑した。

「博奕で大儲けした……」

半次は眉をひそめた。

「大儲けなんて嘘《うそ》、眉唾《まゆつば》に決まっている。盆暗《ぼんくら》の千吉の野郎が博奕で大儲けするなんてあり得ねえ……」

善三は、吐き棄てた。

「じゃあ、茶店を居抜きで買った金は……」

「盗人の真似でもしたんだろう」

善三は、嘲笑《ちょうしょう》を浮かべた。

「盗人の真似……」

千吉は、その頃に盗賊の一味になったのかもしれない。

半次は読んだ。


音次郎は、千吉の茶店を見張り続けた。

托鉢坊主がやって来て茶店の縁台に腰掛け、千吉に茶を頼んだ。

托鉢坊主か……。

音次郎は見守った。

托鉢坊主は、千吉が持って来た茶を啜った。そして、親し気に言葉を交わして笑った。

「何だ、あの托鉢坊主は……」

　半次が、音次郎の傍に戻って来た。

「馴染《なじみ》のようですよ」

　音次郎は読んだ。

「馴染の托鉢坊主……」

　半次は眉をひそめた。

「ええ。本物の托鉢坊主かどうか……」

　音次郎は苦笑した。

　托鉢坊主は、縁台から立ち上がった。

「音次郎、托鉢坊主を追ってみな」

　半次は命じた。

「えっ。親分……」

　音次郎は戸惑った。

「お前が睨んだ通り、本物の托鉢坊主じゃあないかもしれない……」

「は、はい……」

　音次郎は、千吉に見送られて行く托鉢坊主の後を尾行た。

半次は、音次郎に代わって千吉を見張り始めた。

半兵衛は、盗賊鬼坊主の長五郎について調べた。

盗賊鬼坊主の長五郎は、武州川越《ぶしゅうかわごえ》を根城《ねじろ》にして関八州《かんはっしゅう》を荒し廻っている外道《げどう》働《ばたら》きの盗賊であり、川越藩も手を焼いていた。

「その鬼坊主の長五郎一味の竜吉か……」

関八州を荒し廻っている盗賊鬼坊主の長五郎は、今迄に江戸だけでは盗賊働きをしていなかった。

だが、その一味の竜吉なる者が浅草広小路にいたとしたら……。

盗賊鬼坊主の長五郎は、江戸で盗賊働きをしようとしている。

その手始めが、薬種問屋『秀峰堂』の押し込みなのかもしれない。

半兵衛は睨んだ。

もし、睨みの通りならば、薬種問屋『秀峰堂』に垂れ込みの結び文を投げ込んだのは誰なのか……。

半兵衛は読んだ。

盗賊の押し込みの日時を知っているのは、一味の者に違いない……。

半兵衛は苦笑した。

託鉢坊主は、千吉の茶店を出て今戸町に進んだ。

音次郎は尾行た。

もし、睨み通り託鉢坊主が本物ではなく、盗賊一味の者なら下手な尾行は出来ない。

音次郎は、慎重に尾行た。

託鉢坊主は、今戸町を進んで小さな寺の山門を潜った。

音次郎は、山門に走って境内《けいだい》を覗いた。

託鉢坊主は、境内を抜けて庫裏《くり》の傍の井戸に向かっていた。

音次郎は見守った。

託鉢坊主は、井戸端で饅頭笠《まんじゆうがさ》や手甲脚絆《てつこうきやはん》を脱ぎ、手足を洗い始めた。

「こりゃあ、お帰りなさい。光海坊《こうかいぼう》さん……」

寺男が、米を研《と》ぎに庫裏から出て来た。

「おう。竜吉。今、帰ったよ」

光海坊と呼ばれた托鉢坊主は、手足や顔を洗い終えた。

「和尚《おしよう》さまは方丈《ほうじよう》ですよ」

竜吉と呼ばれた寺男は告げた。

「そうか……」

光海坊は頷き、饅頭笠や手甲脚絆を抱えて庫裏に入って行った。

竜吉は、辺りを見廻して米を研ぎ始めた。


托鉢坊主は光海坊、寺男は竜吉……。

音次郎は知った。

だが、光海坊と竜吉の遣《や》り取《と》りをみる限り、不審な処はないようだが……。

音次郎は、山門に掲げられている古い扁額《へんがく》を読んだ。

古い扁額には、『安福寺《あんぷくじ》』と書かれていた。

安福寺……。

音次郎は見定めた。

薬種問屋『秀峰堂』には、様々な客が訪れていた。

店内の片付けをしていた手代が、店の隅に落ちていた結び文を見付けた。

「番頭さん……」

手代は、緊張した面持《おもも》ちで老番頭の彦兵衛に結び文を届けた。

彦兵衛は、緊張に微かに震える手で結び文を解いた。

結び文には、『盗賊の押し込みは未だ終わらない……』と書き記されていた。

「新助《しんすけ》、お前、お得意さまに薬を届けに行く振《ふ》りをして、北町奉行所の白縫さまに此の結び文を届けておくれ」

彦兵衛は命じた。

「は、はい……」

手代の新助は、緊張に喉を鳴らして頷いた。


二度目の垂れ込み……。

盗賊は、薬種問屋『秀峰堂』の押し込みを諦《あきら》めていないのだ。

半兵衛は、手代の新助が届けた結び文を読んで苦笑した。

盗賊は、最初の押し込みが出来なかった事は偶々《たまたま》であり、知られているとは気が付いていないのだ。そして、垂れ込み者は、押し込みを企てている盗賊一味にいるのに間違いない……。

半兵衛は知った。

三

半次は、今戸町の千吉の茶店を見張り続けていた。

茶店を訪れる客は少なく、不審な者はいなかった。

「親分……」

音次郎が戻って来た。

「どうだった……」

「托鉢坊主、今戸町の寺町の外れにある安福寺って寺に行きましてね」

「安福寺……」

「ええ。で、井戸端で手足や顔を洗い、庫裏に入って行きました」

「じゃあ、安福寺に逗留《とうりゅう》しているのかな……」

半次は読んだ。

「はい。近くの寺の寺男に探りを入れて訊いたんですが、安福寺の住職は長《ちょう》慶《けい》、酒浸《さけびた》りの生臭《なまぐさ》で、寺男は竜吉。で、時々旅の修行僧が泊まっているそうですぜ」

音次郎は報せた。

「そうか……」

「あっしの見た処、妙な事はないように思えましたが……」

音次郎は、首を捻った。

「何か気になるのか……」

「ええ。何となくですが……」

音次郎は、自信なさげに頷いた。

「じゃあ、俺が行ってみるか……」

「お願いします」

音次郎は、微かな安堵《あんど》を過ぎらせた。

「よし……」

半次は、見張り場所から出た。

半次は、千吉の茶店から今戸町の通りを安福寺に向かった。

「半次……」

半次は、呼び掛ける声に振り返った。

半兵衛がやって来た。

「こりゃあ、旦那……」

半次は迎えた。

「千吉の茶店に行くのか……」

「いえ。安福寺って寺です」

「安福寺……」

半兵衛は眉をひそめた。

「ええ。千吉の茶店に馴染の托鉢坊主がいましてね……」

半次は、今迄に分かった事を半兵衛に報せた。

「で、安福寺の住職は長慶、寺男は竜吉か……」

半兵衛は眉をひそめた。

「そいつが何か……」

「うん。鬼坊主の長五郎と云う盗賊がいてね。手下に竜吉ってのがいるそうだ」

半兵衛は苦笑した。

「寺男の竜吉ですか……」

「ま、竜吉なんて名の男は大勢いるからね」

「ええ。で、旦那、鬼坊主の長五郎って盗賊。どんな奴なんですか……」

「うん……」

半兵衛は、半次に盗賊鬼坊主の長五郎について分かった事を教えた。


安福寺は夕陽に照らされていた。

「此処ですね……」

半兵衛と半次は、安福寺を眺めた。

安福寺は住職長慶の読む経も聞こえず、静けさに覆《おお》われていた。

「旦那……」

半次は、夕暮れの通りを荷物を背負って来る行商人を示した。

半兵衛は、物陰に素早く隠れた。

半次が続いた。

行商人は、半兵衛と半次に気が付かずに安福寺の山門を潜って行った。

半兵衛は眉をひそめた。

「旦那、何か……」

「うん。半次、安福寺の住職の長慶、酒浸りの生臭だったな」

「ええ。檀家《だんか》も呆《あき》れて次々と離れ、今は僅かなものだそうですよ」

「それで、良く寺をやっていられるな」

寺は、檀家あってのものだ。

「ええ。本堂の裏に家作《かさく》がありましてね。博奕打ちに貸して寺銭《てらせん》でも稼いでいるんですかね……」

半次は、首を捻った。

「そうかもしれないが、旦那が付いているのかもしれない」

半兵衛は読んだ。

「旦那ですか……」

半次は、戸惑いを浮かべた。

「ああ。盗賊の旦那がね……」

安福寺は、住職の長慶が酒浸りの生臭なのに付け込まれ、金を貰って盗人宿になっているのかもしれない。

半兵衛は読んだ。

「じゃあ、安福寺は盗賊一味に乗っ取られているんですか……」

「ま。そんな処《ところ》かな」

半兵衛は苦笑した。

「じゃあ、今の処、安福寺にいる盗賊は、托鉢坊主の光海坊とさっきの行商人の二人……」

「それに、生臭の長慶の見張りを兼ねた寺男の竜吉……」

半兵衛は睨んだ。

「三人ですか……」

「きっとな。残るは頭《かしら》の鬼坊主の長五郎と手下の二人……」

「さあて、安福寺の何処かに潜んでいるのか、いないのか……」

半次は、夕暮れに覆われた安福寺を眺めた。

「半次、盗賊共は薬種問屋秀峰堂への押し込みを諦めていない。又、押し込むつもりだ」

半兵衛は、半次に二通目の結び文が薬種問屋『秀峰堂』に届けられたのを告げた。

「そうでしたか……」

「よし、半次。音次郎を呼び、安福寺にいる連中から眼を離すな。特に托鉢坊主の光海坊からな」
「托鉢坊主の光海坊ですか……」
半次は眉をひそめた。
「うむ……」
半兵衛は、小さな笑みを浮かべた。
夕陽は沈んだ。
薬種問屋『秀峰堂』の大戸は閉められ、僅かな隙間からは明かりが洩《も》れていた。
老番頭の彦兵衛は、今晩も一晩中明かりを灯す事にしたようだ。
半兵衛は苦笑し、薬種問屋『秀峰堂』の周囲を検《あらた》めた。
不審な者はいない……。
半兵衛は見定め、大戸の潜り戸を静かに叩いた。
伊勢町の外れ、西堀留川に架かる雲母橋の袂にある小料理屋は軒行燈《のきあんどん》を灯していた。

半兵衛は、老番頭の彦兵衛を呼び出し、馴染の店に案内させた。

彦兵衛は、戸惑いを浮かべながら半兵衛を馴染の小料理屋に誘《いざな》った。

小料理屋『きらら』には、馴染客が僅かにいるだけだった。

半兵衛は、彦兵衛と奥の衝立《ついたて》の陰に入って大年増の女将に酒と肴《さかな》を頼んだ。

「さあて、夜更けに呼び出して済まないね」

半兵衛は詫《わ》びた。

「いいえ。此方《こちら》こそ遅く迄お勤め戴きまして……」

彦兵衛は恐縮した。

「いや。こっちは役目だ……」

半兵衛は微笑《ほほえ》み、彦兵衛に酒を注《つ》いだ。

「此は畏《おそ》れ入ります。どうぞ……」

彦兵衛は、半兵衛に酌《しゃく》をした。

「うん……」

半兵衛と彦兵衛は、酒を飲み始めた。

「彦兵衛、後は手酌だ……」

「畏れ入ります。それで、お話とは……」

彦兵衛は、猪口《ちょこ》を置いた。

「うむ。それなのだが、彦兵衛。吉平はどうして放蕩《ほうとう》に走ったのかな……」

「えっ……」

「本当の処を教えてくれないかな」

半兵衛は、彦兵衛に笑い掛けた。

「白縫さま。それは吉平さまが此度の盗賊の押し込みに拘わりがあるからでしょうか……」

彦兵衛は、半兵衛に困惑の眼を向けた。

「彦兵衛。秀峰堂に結び文を投げ込んだのは、盗賊一味の者に違いない……」

「は、はい……」

「そして、その一味の者は、秀峰堂への押し込みを食い止めようとしている」

半兵衛は読み、彦兵衛の反応を待った。

「秀峰堂を護《まも》ろうとしている盗賊ですか……」

彦兵衛は、白髪眉を哀し気に歪めた。

「うむ……」

半兵衛は頷いた。

「白縫さま、吉平さまは先代が若い頃に妾稼業《めかけかぎよう》の女に生ませた子でして……」

彦兵衛は、覚悟を決めて話し始めた。

「妾稼業の女か……」

「はい。先代は妾稼業の女と生まれたばかりの吉平さまを引き取ったんです。ですが、妾稼業の女は赤ん坊の吉平さまを残して若い町医者と姿を消してしまい……。先代は、後添《のちぞ》えを貰って吉平さまを秀峰堂の跡取りとして育て、吉平さまは何も知らずにすくすくと大きくなり、歳の離れた弟の吉助さまを可愛がっておりました。ですが、十四歳の頃に自分の出生の事実を知り……」

彦兵衛は、苦し気に顔を歪めた。

「放蕩をし始めたのか……」

「はい。所詮《しよせん》、自分は淫売の子で先代のお情けで生きて来た余計者《よけいもの》。秀峰堂の邪魔者だと仰《おつしや》って……」

彦兵衛は、鼻水を啜って酒を飲んだ。

半兵衛は、酌をしてやった。

「畏れ入ります……」

彦兵衛は、酌をされた酒を飲んだ。

「それで、吉平の放蕩は治まらず、先代は勘当したのか……」

半兵衛は読んだ。

「はい……」

彦兵衛は、滲《にじ》む涙を拭《ぬぐ》いながら手酌で酒を飲み続けた。

半兵衛は、彦兵衛が長年にわたって主家《しゅか》の為に働いて来た忠義者《ちゅうぎもの》だと知った。

吉平は、勘当されて江戸を出て、いつしか盗人になり、鬼坊主の一味になったのかもしれない。そして、頭の鬼坊主の長五郎は薬種問屋『秀峰堂』の押し込みを企てた。吉平は驚き、実家である『秀峰堂』を秘かに護ろうとしているのかもしれない。

半兵衛は読み、手酌で酒を飲み始めた。

馴染客は帰り、大年増の女将は三味線《しゃみせん》を爪弾《つまび》き始めた。

三味線の爪弾きは静かに流れた。

今戸町の寺の連なりからは、住職たちの読む経が響いていた。

半次と音次郎は、安福寺の見張りを続けていた。

安福寺からは長慶の読む経は聞こえず、静かなままだった。

「生臭坊主の長慶、朝のお勤めもしないようですね」

音次郎は呆れた。

「ああ。酔い潰れているんだろ」

半次は嘲笑した。

「親分……」

音次郎は、安福寺の山門を示した。

托鉢坊主の光海坊が現れ、饅頭笠を被《かぶ》って浅草に向かった。

「光海坊です……」

「うむ。俺が追う。音次郎は此のまま安福寺を見張り、来る者を見届けるんだ」

半次は命じた。

「合点です」

音次郎は頷いた。

半次は、托鉢坊主の光海坊を追った。

朝の浅草広小路は、行き交う人も疎《まば》らだった。

托鉢坊主の光海坊は、浅草広小路を横切って蔵前《くらまえ》の通りに進んだ。

半次は追った。
光海坊は、何処かで托鉢をする様子もなく進んだ。
何処に行く……。
半次は眉をひそめた。
駒形堂、浅草御蔵……。
光海坊は、蔵前の通りを抜けて神田川に架かる浅草御門を渡った。
両国橋の袂で托鉢をするのか……。
半次は読んだ。
だが、光海坊は両国橋には行かず、真《ま》っ直《す》ぐに馬喰町《ばくろちょう》の通りに進んだ。
両国橋じゃあない……。
半次は、微かな戸惑いを覚えながら光海坊を追った。
光海坊は、馬喰町から小伝馬町《こでんまちょう》、そして本石町《ほんこくちょう》に真っ直ぐ進んだ。
此のまま進めば外濠に出る……。
半次は読んだ。
外濠には水鳥が遊び、波紋を幾重《いくえ》にも広げていた。

光海坊は、外濠沿いの道を常盤橋《ときわばし》御門に進んだ。

半次は尾行《つけ》た。

光海坊は、常盤橋御門の前を通って尚も進み、日本橋川に架かっている一石橋に向かった。

一石橋を渡ると呉服橋御門があり、渡ると北町奉行所がある。

光海坊は一石橋を渡り、呉服橋御門の袂で立ち止まった。

どうした……。

半次は見守った。

光海坊は、饅頭笠を上げて呉服橋御門の奥を覗き、渡るか渡らないか、迷い躊躇《ためら》った。

まさか……。

光海坊は、北町奉行所に行くかどうかで迷っている。

半次は睨み、困惑を浮かべて光海坊を見守った。

外濠に風が吹き抜け、水鳥が羽音を鳴らして飛び立った。

水飛沫《みずしぶき》が煌《きら》めいた。

光海坊は、肩を落として踵《きびす》を返した。

光海坊は、来た道を戻って一石橋を渡り、日本橋川沿いの道を日本橋に向かった。
諦めた……。
迷った挙句《あげく》に諦めた……。
光海坊は、北町奉行所に行けなかった。
次は何処に行くのだ……。
半次は、日本橋に向かう光海坊を尾行た。

日本橋の通りは賑《にぎ》わっていた。
光海坊は、室町三丁目の浮世小路《うきよこうじ》を抜けて西堀留川の堀留に出た。
堀留の向こうに雲母橋があり、伊勢町の薬種問屋『秀峰堂』が見えた。
光海坊は、饅頭笠を上げて眺めた。
薬種問屋『秀峰堂』の店先では、小僧と下男が掃除に励《はげ》んでいた。
光海坊は、薬種問屋『秀峰堂』を窺った。
半次は、光海坊を見守った。
光海坊は、西堀留川沿いの道を進み、店内を窺いながら薬種問屋『秀峰堂』の前を通った。

薬種問屋『秀峰堂』の様子を窺っている……。

半次は睨んだ。

「光海坊か……」

巻羽織を脱いだ半兵衛が背後にいた。

「旦那……」

「秀峰堂の様子を窺いに来たか……」

半兵衛は読んだ。

「ええ。で、此処に来る前に呉服橋御門に行きましたよ……」

半次は告げた。

「呉服橋御門……」

半兵衛は眉をひそめた。

「ええ。あっしの見立てでは、北町奉行所に行くかどうか迷っているように……」

「そうか……」

半兵衛は、立ち去って行く光海坊を眺めた。

「捕まえますか……」

「いや。鬼坊主の長五郎一味の者共が揃《そろ》う迄は、泳がせるんだ」

半兵衛は告げた。

「心得ました。じゃあ……」

半次は、光海坊を追った。

「気を付けてな……」

半兵衛は見送った。

光海坊は、北町奉行所に盗賊鬼坊主一味の押し込みを垂れ込むつもりだった。

だが、迷った挙句、垂れ込むのを止めた。

盗賊鬼坊主の長五郎一味の托鉢坊主の光海坊は、二十年前に薬種問屋『秀峰堂』を勘当された倅の吉平なのだ。

半兵衛は、吉平の腹の内を読んだ。

薬種問屋『秀峰堂』を護る……。

そこには、勘当されていても実家を護ろうとしている倅がいるのかもしれない。

もし、そうだとしたら哀しい奴だ……。

半兵衛は、吉平を哀れまずにはいられなかった。

四

「邪魔をするよ……」

半兵衛は巻羽織を脱ぎ、薬種問屋『秀峰堂』の暖簾《のれん》を潜った。

店には僅かな客がおり、帳場に老番頭の彦兵衛の姿はなかった。

「此は、白縫さま……」

主の吉右衛門は、薬草などの調合場から職人姿で框《かまち》に出て来た。

「やあ、吉右衛門。ちょいと良いかな……」

半兵衛は笑い掛けた。

「彦兵衛は未だでして、手前で良ければ……」

「勿論《もちろん》だ」

半兵衛は頷いた。

「盗賊の鬼坊主の長五郎……」

吉右衛門は眉をひそめた。

「うむ。今迄に聞いた覚えはないかな……」

半兵衛は尋ねた。

「ございませんが……」

吉右衛門は、首を捻った。

「そうか……」

盗賊鬼坊主の長五郎は、何らかの遺恨《いこん》があって薬種問屋『秀峰堂』に押し込もうとしている訳ではない。

薬種問屋『秀峰堂』は、偶々押し込みの条件に合った獲物に過ぎないのだ。

「処で吉右衛門。勘当された兄の吉平を覚えているかな……」

半兵衛は、吉右衛門を見詰めた。

「は、はい。ですが、何分にも二十年も昔の話、手前が五歳の時の事でして、良くは覚えていないのです」

吉右衛門は、申し訳なさそうに告げた。

「うん。そいつは無理もない……」

半兵衛は苦笑した。

「兄は幼い私と遊んでくれ、可愛がってくれました。彦兵衛の話では、兄が勘当されて出て行った時、幼い手前は後を追い、暫くの間は泣いていたそうです」

吉右衛門は、懐《なつ》かしそうに苦笑した。

「そうか……」

半兵衛は頷いた。


隅田川を来た船は山谷堀に入り、今戸橋の下の船着場に船縁を寄せた。

茶店の亭主の千吉は、船着場に迎えに出ていた。

船から初老の旦那が、中年の浪人と若い三下《さんした》を従えて降りて来た。

「此は旦那さま、おいでなさいまし」

千吉は、腰を屈《かが》めて初老の旦那を迎えた。

「おう。千吉、変わりはないかな……」

初老の旦那は、鋭い眼差しで千吉を見据えた。

「はい……」

「よし。じゃあ、氷川《ひかわ》さん、丈吉《じようきち》……」

初老の旦那は、中年の総髪《そうはつ》の浪人と若い三下を従え、千吉と共に今戸町に向かって行った。

今戸町の寺の連なりは、行き交う人も少なく静けさに満ちていた。
音次郎は、寺の連なりの外れにある安福寺を見張っていた。
安福寺では、寺男の竜吉が境内の掃除をしながら時々山門前の通りを窺っていた。
竜吉は、誰かが来るのを待っている。
音次郎は読み、通りに眼を光らせた。
千吉が、三人の男と通りをやって来た。
千吉の野郎……。
音次郎は、千吉と一緒に来る者を見定めようとした。
初老の旦那、中年の総髪の浪人、若い三下が、千吉と一緒だった。
何処の誰だ……。
音次郎は、初老の旦那、中年の総髪の浪人、若い三下を見守った。
「お頭……」
竜吉が迎えに出た。
「竜吉、変わりはないようだな」

初老の旦那は、竜吉に笑い掛けた。

「はい……」

竜吉は頷いた。

初老の旦那、中年の総髪の浪人、若い三下は、千吉と共に安福寺の山門を潜った。

竜吉は、初老の旦那たちを本堂裏の家作に誘《いざな》って行った。

音次郎は見届けた。

初老の旦那は、盗賊の鬼坊主の長五郎……。

音次郎は気が付いた。

盗賊鬼坊主一味の二度目の薬種問屋『秀峰堂』押し込みは近い……。

音次郎は睨んだ。

托鉢坊主が、浅草広小路からの道をやって来た。

光海坊か……。

音次郎は、物陰に潜んで見守った。

托鉢坊主は、安福寺の山門前で饅頭笠を上げて辺りを見廻し、足早に境内に入って行った。

托鉢坊主は光海坊だった。

「音次郎……」

半次が戻って来た。

「親分。さっき鬼坊主の長五郎らしい男が、千吉と一緒に来ましたよ」

音次郎は告げた。

「来たか……」

「はい。初老の旦那が中年の浪人と若い手下を従えて三人で……」

「安福寺にいたのは、光海坊、竜吉、行商人の三人……」

「都合六人。千吉の屋根船から下りた六人じゃあないですかね」

音次郎は、声を弾ませた。

「おそらく間違いないだろう」

半次は頷いた。

「頭の長五郎が来たとなると、秀峰堂への二度目の押し込みは近いですね」

音次郎は読んだ。

「ああ。音次郎、此処は俺が見張る。此の事を半兵衛の旦那にお報せしろ」

半次は命じた。

「合点です。じゃあ、御免なすって……」

音次郎は、物陰伝《ものかげづた》いに立ち去った。

半次は、安福寺の見張りに就《つ》いた。

「そうか。鬼坊主の長五郎らしい奴らが安福寺にやって来たか……」

半兵衛は、小さな笑みを浮かべた。

「はい。中年の浪人と若い三下を従えて。安福寺にいた奴らと合わせて六人です」

音次郎は、意気込んで報せた。

「そうか……」

「旦那。じゃあ、鬼坊主一味の二度目の押し込みは……」

音次郎は、身を乗り出した。

「おそらく今夜だ……」

半兵衛は睨んだ。

「今夜……」

音次郎は、緊張に喉を鳴らした。

「よし、音次郎。おそらく鬼坊主一味は、今夜も千吉の船で来るだろう」

半兵衛は読んだ。

「はい。きっと……」

音次郎は頷いた。

「お前も山谷堀に猪牙を用意し、鬼坊主一味が千吉の屋根船に乗ったら、直ぐに報せろ」

半兵衛は命じた。

「合点です」

「それから、半次に戻るように伝えてくれ」

「承知……」

音次郎は頷き、浅草今戸町に走った。

「よし……」

半兵衛は、大久保忠左衛門の用部屋に向かった。

刻が過ぎた。

今戸町の安福寺に集まった者たちに動きはなかった。

音次郎は、知り合いの船宿《ふなやど》から猪牙舟を借り、山谷堀に架かっている今戸橋の隣の山谷橋の船着場に舫い、安福寺に走った。そして、安福寺を見張っている半次に半兵衛の言葉を報せた。

「そうか、旦那の見立てじゃあ、鬼坊主一味の押し込みは今夜か……」

半次は眉をひそめた。

「はい。で、猪牙を用意して鬼坊主一味が動けば、直ぐに報せろと。で、親分は戻れと……」

音次郎は伝えた。

「分かった……」

半次は頷き、安福寺の見張りを音次郎と交代し、半兵衛の許に急いだ。

よし……。

音次郎は、来る途中に買って来た稲荷寿司《いなりずし》で腹拵《はらごしら》えをし、安福寺の見張りに就いた。

半兵衛は、戻って来た半次を伴って薬種問屋『秀峰堂』を訪れた。

「此は此は白縫さま……」

老番頭の彦兵衛は、訪れた半兵衛と半次を店の部屋に通した。

「何か……」

彦兵衛は、戸惑いを浮かべた。

「うん。彦兵衛、盗賊の押し込み、今夜かもしれない……」

半兵衛は告げた。

「今夜……」

彦兵衛は、白髪眉をひそめた。

「うむ。そこでだ……」

半兵衛は、不敵な笑みを浮かべた。

夕暮れ時。

日本橋の通りに連なる店は、大戸を閉めて店仕舞《みせじま》いをし始めた。

薬種問屋『秀峰堂』も客が帰り、手代や小僧が店仕舞いをしていた。

半兵衛は、雲母橋から夕陽に照らされた西堀留川を眺めた。

西堀留川の北側には伊勢町があり、薬種問屋『秀峰堂』があった。そして、西堀留川を東に進むと道浄橋が架かっており、鉤《かぎ》の手《て》に南に曲がると日本橋川に続いている。

半兵衛は、夕暮れの西堀留川を眺め続けた。

亥の刻四つを報せる寺の鐘の音が、夜空に響き渡った。

音次郎は、安福寺を見張り続けていた。

安福寺の山門が僅かに開き、竜吉が顔を出して辺りを窺った。

動く……。

音次郎は緊張した。

竜吉は、山門前に不審はないと見定めて顔を引っ込めた。

よし……。

音次郎は、見張り場所を出て山谷橋の船着場に走った。

亥の刻四つが過ぎ、山谷堀には新吉原《しんよしわら》に行く客を乗せた船も途絶えた。

山谷橋の船着場に繋がれた猪牙舟は、緩《ゆる》やかな流れに揺れていた。

音次郎は、船着場に駆け下りて猪牙舟に乗り、舫い綱を解いて今戸橋に進めた。そして、今戸橋の船着場を通り過ぎ、隅田川に出る手前で止めて振り返った。

今戸橋の船着場では、千吉が屋根船の仕度をしていた。

睨み通りだ……。

音次郎は見守った。

鬼坊主の長五郎を始めとした盗賊たちが現れ、次々に屋根船に乗り込んだ。

音次郎は人数を数えた。

六人……。

音次郎が見届けた時、千吉は屋根船の舫い綱を解き、船行燈を灯さずに隅田川に進み始めた。

押し込みに行く……。

音次郎は見定め、猪牙舟を隅田川に進めて吾妻橋に急いだ。

薬種問屋『秀峰堂』は明かりを消し、その前の西堀留川は静寂に覆われ、堀端に打ち付ける流れが微かな音を鳴らしていた。

西堀留川に架かっている道浄橋の下の暗がりから猪牙舟が現れ、雲母橋の船着場に船縁を寄せた。

猪牙舟から音次郎が下り、薬種問屋『秀峰堂』に駆け込んで行った。

四半刻（三十分）が過ぎた。

道浄橋の下から屋根船が現れ、雲母橋の船着場に進んで来た。

千吉は屋根船を操り、雲母橋の船着場に船縁を寄せた。

静けさが続いた。

鬼坊主の長五郎、托鉢坊主の光海坊、寺男の竜吉、中年浪人の氷川、三下の丈吉、行商人の六人が盗人姿で屋根船から下りて来た。

長五郎は、薬種問屋『秀峰堂』と周囲の気配を窺った。

薬種問屋『秀峰堂』と周囲は静寂に満ち、不審な処は窺えなかった。

「よし。竜吉……」

長五郎は、嘲笑を浮かべて竜吉を促《うなが》した。

竜吉は頷き、薬種問屋『秀峰堂』の大戸の潜り戸に駆け寄った。

長五郎、光海坊、氷川、丈吉、行商人は見守った。

竜吉は、問外《といかき》などの道具を使って大戸の潜り戸の猿《さる》を外し、長五郎たちに合図をした。
長五郎、光海坊、氷川、丈吉、行商人は、潜り戸の傍にいる竜吉の許に走った。
竜吉は、潜り戸を開けた。
暗い店の潜り戸が開き、差し込む月明かりと共に竜吉が土間に忍び込んで来た。
長五郎、光海坊、氷川が続いて土間に入って来た。
刹那《せつな》、龕燈《がんどう》の明かりが竜吉や長五郎を照らした。
竜吉、長五郎、光海坊、氷川は、龕燈の明かりを浴びて怯《ひる》んだ。
「盗賊鬼坊主の長五郎と一味の者共、北町奉行所だ。神妙にお縄を受けろ」
半兵衛が、半次や龕燈を持った捕《と》り方《かた》たちと框に現れた。
奥に続く戸口には、吉右衛門と彦兵衛が恐ろしそうに眉をひそめていた。
「くそ……」
鬼坊主の長五郎は、顔を醜《みにく》く歪めた。

竜吉が長脇差《ながわきざし》を抜き、框にいる半兵衛に跳び掛かった。

半兵衛は躱《かわ》し、竜吉を蹴り倒した。

半次は、倒れた竜吉の長脇差を奪い、十手で滅多打《めったう》ちにした。

血を飛ばして気を失った竜吉は、捕り方たちに引《ひ》き摺《ず》られて行った。

丈吉と行商人は、逃げようとした。

だが、西堀留川沿いの道の左右には、北町奉行所の高張提灯《たかはりちようちん》が幾つも掲げられた。

丈吉と行商人は逃げ惑い、雲母橋の船着場の千吉の屋根船に逃げた。

千吉は、慌てて屋根船の舳先を返そうとした。

道浄橋の下から捕り方を乗せた船が現れて西堀留川を塞《ふさ》ぎ、北町奉行所の高張提灯を掲げた。

千吉の屋根船は、丈吉と行商人を乗せて逃げ場を失った。

音次郎が捕り方を従え、千吉の屋根船に駆け寄った。

「おのれ……」

中年浪人の氷川は、店土間《みせどま》を蹴って半兵衛に猛然と斬り掛かった。

半兵衛は、僅かに腰を沈めて抜き打ちの一刀を閃《ひらめ》かせた。

氷川は、胸元を斬られ、血を飛ばして倒れた。

「嵌《は》めやがったな……」

長五郎は、衝《つ》き上《あ》がる怒りに醜く顔を歪め、奥に続く戸口にいる吉右衛門と彦兵衛に長脇差を翳《かざ》して突進した。

光海坊は、咄嗟《とっさ》に長五郎に続いた。

「叩き殺してやる……」

長五郎は、吉右衛門と彦兵衛に長脇差を振り翳《かざ》した。

刹那、光海坊が長五郎に背後から抱き付いた。

長五郎は、仰《の》け反《ぞ》って凍《い》て付《つ》いた。

光海坊は、長五郎の背中に匕首《あいくち》を突き刺していた。

半兵衛は眉をひそめた。

半次、吉右衛門、彦兵衛は驚いた。

「何をしやがる、光海坊……」

長五郎は困惑を浮かべ、嗄《しゃが》れ声を引き攣らせて光海坊に長脇差を突き刺した。

光海坊は、刺されながらも必死に長五郎にしがみ付き、匕首を押し込んだ。
長五郎と光海坊は、抱き合うように縺《もつ》れ合《あ》って店土間に転げ落ちた。
半兵衛と半次は、光海坊と長五郎に駆け寄った。
長五郎は、絶命していた。
だが、光海坊は必死の形相《ぎょうそう》で長五郎にしがみ付いていた。
「長五郎は死んだ。もう良い、吉平……」
半兵衛は、光海坊に囁《ささや》いた。
光海坊は、戸惑ったように微笑み、長五郎から手を放して息絶えた。
「光海坊……」
半次は、光海坊を揺り動かした。
だが、光海坊は死んだ。
吉右衛門と彦兵衛は、呆然《ぼうぜん》とした面持ちで見守っていた。
光海坊は、吉右衛門と彦兵衛を護って死んでいった。
半兵衛は、吐息を洩らした。
盗賊鬼坊主一味は、頭の長五郎、浪人の氷川清一郎《せいいちろう》、光海坊を死なせ、竜吉、丈吉、行商人、船頭の千吉が捕らえられて瓦解《がかい》した。

「そうか。盗賊鬼坊主の長五郎、一味の者に刺されて死んだか……」

大久保忠左衛門は、細い筋張った首を伸ばして念を押した。

「はい。他に托鉢坊主の光海坊、武州浪人の氷川清一郎の二人が死に、残る三人と雇われた船頭の四人を捕らえました」

半兵衛は報せた。

「うむ、御苦労だった。して、秀峰堂に結び文を投げ込んだのは誰なのだ……」

忠左衛門は、細い首の筋を引き攣らせた。

「そいつが、托鉢坊主の光海坊らしいのですが、良く分からないのです」

半兵衛は惚《とぼ》けた。

「死んだ光海坊か……」

忠左衛門は、白髪眉をひそめた。

「はい。偽坊主と云えども、経を読んで托鉢をしている内に仏心が湧《わ》いたのかもしれません……」

「成る程、仏心か……」

忠左衛門は、筋張った細い首を伸ばして頷いた。

「はい。きっと……」

半兵衛は、笑顔で頷いた。

「托鉢坊主の光海坊、本名や素性、結局は分からず仕舞いですか……」

音次郎は眉をひそめた。

「ああ。いろいろ訊きたかったのだが、長五郎を道連れに死んでしまったからね……」

半兵衛は、小さく笑った。

「ですが、秀峰堂の吉右衛門旦那や彦兵衛さんに襲い掛かった長五郎に抱き付いて刺し殺したのなら……」

「音次郎、光海坊は何も云わずに死んだのだ。例え二十年前に勘当された吉平だったとしても、何の証拠もないんだ……」

半次は告げた。

「でも……」

「音次郎、光海坊が吉平だとしても、光海坊は盗賊の光海坊として死にたかったのかもしれない。薬種問屋秀峰堂に僅かな累《るい》も及ぼしたくない一念で、一切無縁の盗賊光海坊としてな……」

半兵衛は、吉平の胸の内を読んだ。

「世の中には、町奉行所の者が知らん顔をした方が良い事もありますか……」

音次郎は頷いた。

「ああ……」

半兵衛は苦笑した。

数日後、大久保忠左衛門の許に吉右衛門と彦兵衛が訪れ、自分たちを助ける為に鬼坊主の長五郎と刺し違えて死んだ光海坊を弔《とむら》わせて欲しいと願い出た。

「どうする、半兵衛……」

「盗賊でも、吉右衛門と彦兵衛にとっては命の恩人。良いんじゃありませんか……」

吉右衛門と彦兵衛が、何処迄《どこまで》気が付いているのかは分からない。

だが、それで良いじゃあないか……。

半兵衛は笑った。

第四話　古馴染

一

神田連雀町《れんじやくちょう》は神田八ツ小路の傍にあり、小間物屋《こまものや》『淡雪堂《あわゆきどう》』があった。

その小間物屋『淡雪堂』の一人娘おゆきが行方知《ゆくえし》れずになって三日が過ぎた。

半兵衛は、娘のおゆきが行方知れずになって以来、大戸を閉めている小間物屋『淡雪堂』を訪れた。

小間物屋『淡雪堂』の主《あるじ》の伝兵衛《でんべえ》は、半兵衛を座敷に通した。

「どうぞ……」

お内儀のおまちは、半兵衛に茶を差し出した。

「忝《かたじけな》い……」

半兵衛は、出された茶を啜《すす》った。

「して、おゆきに好《い》い仲の男はいなかったのだね……」

半兵衛は、伝兵衛を見据えた。

「そ、それは、もう。おゆきは未《ま》だ十六歳です。男など……」

伝兵衛は、声を震わせた。

「いなかったか……」

半兵衛は、お内儀のおまちを見た。

「は、はい……」

おまちは、慌《あわ》てて頷《うなず》いた。

「そうか。して、おゆきを無事に帰して欲しければ金を渡せ、と云《い》う繋《つな》ぎも、未だないのだな」

「はい……」

半兵衛は尋ねた。

伝兵衛は頷いた。

「そうか……」

「白縫さま、おゆきは勾引《かどわか》されたんです。助けて下さい。どうか、助けてやって下さい。お願いします……」

おまちは、畳《たたみ》に額《ひたい》を擦《こす》り付《つ》けて涙声で頼んだ。

「ならば、伝兵衛、おまち。三日前、娘のおゆきは、巳《み》の刻四つ（午前十時）に玉池稲荷《たまいけいなり》の傍の針《はり》のお師匠《ししょう》さんの家に稽古《けいこ》に出掛けたまま、帰らないのだな」

半兵衛は念を押した。

「はい。いつもなら午《うま》の刻九つ（正午）過ぎには帰って来る筈《はず》なのですが……」

おまちは、前掛《まえかけ》で滲《にじ》む涙を拭《ぬぐ》いながら告げた。

「だが、おゆきは帰らず、三日が過ぎたか……」

半兵衛は眉《まゆ》をひそめた。


神田八ツ小路は、昌平橋、淡路坂《あわじざか》、駿河台、三河町《みかわちょう》、連雀町、須田町、柳原通り、筋違御門の八つの道筋に通じており、多くの人が行き交っていた。

半兵衛は、須田町の道筋の入口にある茶店の縁台《えんだい》に腰掛け、亭主の運んで来た茶を啜った。

半兵衛は、北町奉行所に出仕《しゅっし》し、神田連雀町の小間物屋『淡雪堂』の娘が三日前から行方知れずになったとの届け出を知り、やって来ていた。

「旦那……」

半次がやって来て亭主に茶を頼み、半兵衛の隣に腰掛けた。

「どうだった……」

半兵衛は茶を啜った。

「はい。淡雪堂の近所の人たちにそれとなく聞き込みを掛けたんですが、伝兵衛さんとおまちさん夫婦は、小間物の行商から身を起こし、十二、三年前に店を持った真面目《まじめ》な働き者だそうですよ」

半次は告げた。

「ほう。そうか、伝兵衛おまち夫婦に悪い評判や恨《うら》まれているような事はないか……」

「はい……」

半次は、運ばれて来た茶を飲んだ。

「して、行方知れずになった娘のおゆきはどのような娘なんだい……」

「真面目で気立《きだ》ての良い綺麗《きれい》な連雀町の小町娘《こまちむすめ》って専《もっぱ》らの評判でしてね。時々店の手伝いもしていたそうですよ」

「評判の良い一家の小町娘か……」

半兵衛は眉をひそめた。

「ええ。おゆきの周りに悪い虫でも飛び交っていましたかねえ……」

半次は頷いた。

「旦那、親分……」

音次郎が現れ、茶店の亭主に団子《だんご》と茶を頼んで縁台に腰掛けた。

「御苦労だったな。音次郎……」

半兵衛は労《ねぎら》った。

「いえ……」

「して、何か分かったか……」

「はい。おゆきは午の刻九つ迄《まで》、お針のお師匠さんの処《ところ》でお針の稽古をして、玉池稲荷傍の小泉町《こいずみちょう》の家を出ていましてね。連雀町迄の道筋の店や居合わせた人たちに聞き込んだのですがね。おゆきを見掛けた人は未だ浮かびません……」

音次郎は報《しら》せた。

「そうか……」

「はい……」

音次郎は、亭主が運んで来た団子を食べ始めた。

「旦那、おゆきは勾引されたんですかね」

半次は眉をひそめた。

「今の処、脅《おど》し文《ぶみ》も来ていないし、勾引しとは決められないね」

半兵衛は茶を啜り、神田八ツ小路を行き交う人を眺めた。

「ま、連雀町の小町娘となると、神田明神や湯島天神に蜷局《とぐろ》を巻いている地廻《じまわ》りや遊び人も何か噂《うわさ》を聞いているかもしれませんね」

半次は読んだ。

「うむ。よし、その辺りを調べてみるか……」

半兵衛は、温《ぬる》くなった茶を飲み干して縁台から立ち上がった。

神田明神の境内《けいだい》は参拝客で賑《にぎ》わっていた。

半兵衛は、引き続き音次郎におゆきの足取りを追わせ、半次と神田明神にやって来た。

半兵衛と半次は、境内にいた遊び人を拝殿《はいでん》の裏に呼んだ。

「えっ。連雀町小町のおゆきですかい……」

遊び人は、おゆきを知っていた。

「ああ。近頃、見掛けなかったかな……」

半次は尋ねた。

「さあて、近頃は見掛けませんが……」

「見掛けないか……」

「はい。何しろ連雀町小町ですからね。お父っつあんとおっ母さんが、変な虫が付かないように家から滅多《めった》に出しませんからね」

遊び人は苦笑した。

「そうか、近頃、見掛けちゃあいないか……」

「はい……」

「じゃあ、噂はどうかな……」

半兵衛は訊《き》いた。

「さあて、大した噂は聞いちゃあおりませんが……」

遊び人は首を捻った。

「そうか……」

半兵衛は頷いた。

神田明神境内にいた遊び人や地廻りに、小間物屋『淡雪堂』の娘おゆきを見掛けた者はいなかった。

半兵衛と半次は、湯島天神に向かった。

音次郎は、玉池稲荷傍の小泉町の針のお師匠さんの家を出てからのおゆきの足取りを探した。

玉池稲荷の茶店の婆《ばあ》さんが、針のお師匠さんの家から出て来るおゆきを見送ってからの足取りが浮かばなかった。

音次郎は、おゆきの足取りを探し続けた。

「あっ……」

音次郎は、連雀町の方からやって来る緑色の羽織《はおり》を着た老爺《ろうや》に気が付いた。

五郎八の父っつあん……。

音次郎は、緑色の羽織を着た老爺が老盗人の隙間風の五郎八だと気が付いた。

五郎八は、俯《うつむ》き加減で足早にやって来た。

「父っつあん……」

音次郎は、通り過ぎようとする五郎八に声を掛けた。

「おう。なんだ、音次郎か……」

五郎八は驚き、音次郎だと気が付いて苦笑した。

「何してんですか……」

音次郎は尋ねた。

「うん。いや、別に。家に帰る処だ」

五郎八は、僅《わず》かに強張《こわば》った笑みを浮かべた。

「そうですか……」

「お前はお役目かい……」

「ええ……」

「そうか。じゃあな……」

五郎八は、そそくさと立ち去って行った。

「あ、はい……」

音次郎は見送った。

おゆきに拘《かか》わる情報は、湯島天神に屯《たむろ》している遊び人や地廻りからも得られなかった。

半兵衛は、半次を従えて北町奉行所に戻った。

北町奉行所には、小間物屋『淡雪堂』主の伝兵衛が待っていた。

「どうした……」

半兵衛は眉をひそめた。

「白縫さま、あれから此の結び文が店に投げ込まれました」

伝兵衛は、緊張した面持《おもも》ちで結び文を差し出した。

「勾引した奴からか……」

半兵衛は、結び文を素早く解いた。

結び文には、『私は無事です。心配しないでください。ゆき』と書かれていた。

半兵衛は、結び文を一読して半次に渡した。

「白縫さま……」

伝兵衛は、半兵衛に縋《すが》る眼を向けた。

「うむ。伝兵衛、此の結び文の文字、おゆきの字かな」

「はい。おゆきの字に間違いないと思います」

半兵衛は尋ねた。

伝兵衛は頷いた。

「そうか……」

おゆきの字には、震えたり乱れたりしている様子は窺《うかが》えなかった。

「半兵衛の旦那。怯《おび》えている気配は感じられませんね」

半次は睨《にら》んだ。

「うむ。結び文を読む限り、勾引しじゃあないのかもな……」

「じゃあ……」

「おゆきは、己の意思で何処《どこ》かに行き、帰って来ないのかもしれぬ」

半兵衛は読んだ。

「そ、そんな……」

伝兵衛は困惑した。

「伝兵衛さん、何か心当たりはありませんかい……」

半次は尋ねた。

「ございません。心当たりなどありません」

伝兵衛は、声を震わせた。

「そうか。良く分かった。伝兵衛、又《また》何か繋ぎが来るかもしれぬ。店に戻っていろ」

半兵衛は告げた。

「は、はい。分かりました……」

伝兵衛は、神田連雀町の小間物屋『淡雪堂』に帰って行った。

「半次、途中で誰かが繋ぎを取るかもしれない。眼を離すな……」

半兵衛は命じた。

「心得《こころえ》ました」

半次は、伝兵衛を追った。

「私は無事です。心配しないでください、か……」

半兵衛は、結び文の文字を反芻《はんすう》した。

同心詰所の武者窓《むしゃまど》から夕陽が差し込んだ。

「半兵衛の旦那……」

音次郎が、同心詰所に入って来た。

「おう。どうだった……」

「はい。玉池稲荷から連雀町の道筋の人たちに何度も聞き込みを掛けたんですが、やっぱりお針のお師匠さんの家を出てからのおゆきを見掛けた人は、どうにも浮かばないんですよね」

音次郎は疲れ、苛立《いらだ》たしげに告げた。

「そうか、御苦労だったな」

半兵衛は苦笑し、温茶《ぬるちゃ》を淹《い》れてやった。

「ありがとうございます。出逢ったのは、隙間風の五郎八の父っつあんぐらいでした」

音次郎は、温茶を喉《のど》を鳴らして飲んだ。

「ええ。連雀町の方から来て、柳原通りの方に行きましたよ」

「隙間風の五郎八……」

「連雀町の方から柳原通り……」

半兵衛は眉をひそめた。

「はい。父っつあんの家は元鳥越《もととりごえ》ですから柳原通りから神田川に架かっている和泉橋か新《あたら》シ橋《ばし》を渡って帰ったんですよ」

音次郎は読んだ。

「うむ。隙間風の五郎八か……」

半兵衛は、武者窓から差し込む赤い夕陽を眩《まぶ》し気《げ》に見詰めた。

囲炉裏《いろり》の火は燃えた。

半兵衛と半次は酒を飲み、音次郎は飯を食べていた。

「そうか。伝兵衛が淡雪堂に帰る迄、近付く者はいなかったか……」

半兵衛は酒を飲んだ。

「はい。それに後を尾行《つけ》る者も、淡雪堂を見張っている者もいませんでした」

半次は告げた。

「うむ……」

「それにしても、大戸も潜り戸も閉めている淡雪堂の店土間《みせどま》にどうやって結び文を投げ込んだのか。まるで盗人のような奴ですね」

半次は、湯飲茶碗の酒を飲み干し、手酌《てじゃく》で注《つ》いだ。

「盗人……」

半兵衛は眉をひそめた。

「ええ……」

「盗人ねえ……」

半兵衛は、酒を啜った。

囲炉裏の火は爆《は》ぜ、火花が飛び散った。

朝、鳥越明神の境内では鳩《はと》が餌《えさ》を啄《ついば》んでいた。

半兵衛は、半次と音次郎を従えて鳥越明神《とりごえみようじん》裏の元鳥越町に向かった。
隙間風の五郎八の住む長屋は、元鳥越町の片隅にあった。
「半次……」
半兵衛は、木戸に立ち止まって半次と音次郎を促《うなが》した。
巻羽織《まきばおり》の町方同心が訪れては、只《ただ》でさえ得体の知れぬ五郎八が尚更胡散臭《なおさらうさんくさ》くなる。
半兵衛は、訪れるのを控えた。
「はい……」
半次と音次郎は、半兵衛を木戸に残して長屋に入った。
木戸に残った半兵衛は、辺りを見廻した。
斜向《はすむ》かいの路地にいた若い男が、半兵衛の視線から逃《のが》れるように素早く奥に入った。
半兵衛は眉をひそめた。
音次郎は、五郎八の家の腰高障子《こしだかしようじ》を叩いた。
だが、五郎八の家から返事はなかった。

「五郎八さん……」

音次郎は、尚も腰高障子を叩いて五郎八を呼んだ。だが、やはり家の中から返事はなかった。

「留守なんですかね……」

音次郎は、戸惑いながら腰高障子を開けようとした。

だが、腰高障子には鍵が掛けられているのか、開く事はなかった。

「親分……」

「ああ。いないようだな」

半次は頷いた。

半次と音次郎は、半兵衛のいる木戸に戻って来た。

「いないのか……」

半兵衛は読んだ。

「はい。もう、浅草寺に行ったのかもしれません……」

半次は頷いた。

「ならば、仕方がない……」

半兵衛は、長屋の木戸から離れた。

半次と音次郎は続いた。

「半次、音次郎、振り向くな……」

半兵衛は、歩きながら囁《ささや》いた。

「えっ……」

半次と音次郎は戸惑った。

「木戸の斜向かいの路地に若い奴が潜《ひそ》んでいる……」

「若い奴……」

半次は眉をひそめた。

「うむ。おそらく五郎八を見張っている」

「父っつあんを……」

「うむ。半次、後ろを取って、何処の誰か突き止めろ……」

半兵衛は命じた。

「心得ました……」

半次は頷いた。

「私と音次郎は浅草寺に行ってみる」

「承知。じゃあ……」

半次は、傍らの路地に素早く入って行った。

半兵衛は、音次郎を従えて浅草浅草寺に向かった。

二

長屋の木戸の前の裏通りには、棒手振《ぼてふ》りが売り声を上げながら通り過ぎた。

半次は、木戸の陰から裏通り越しに斜向かいの路地を窺った。

斜向かいの路地には、半兵衛が云った通り若い男がいた。

何者だ……。

半次は、若い男を窺った。

若い男は左頰に古い傷痕《きずあと》があり、鋭い眼差しで長屋を見張っていた。

堅気《かたぎ》じゃあない……。

半次は、木戸を出て長屋を迂回《うかい》して裏通りを横切り、若い男の潜んでいる路地に近付いた。

半刻（一時間）後。

刻を告げる寺の鐘の音が響いた。

若い男は、小さな吐息を洩らして見張りを解《と》いた。そして、路地を出て足早に新堀川《しんぼりがわ》に向かった。

半次が路地から現れ、若い男を追い始めた。

若い男は、新堀川に架かっている小橋を渡った。そして、擦れ違うお店の旦那を一瞥《いちべつ》し、新堀川沿いの道を東本願寺《ひがしほんがんじ》に向かった。

半次は尾行た。

若い男は、着物の裾《すそ》を摘《つま》み上げて足早に進み、東本願寺前の通りに出た。

東本願寺前の通りは、浅草から新寺町《しんてらまち》を抜けて下谷広小路《したやひろこうじ》の端、山下《やました》に続いている。

若い男は、東本願寺前の通りから門前町に入った。

半次は追った。

門前町の裏通りに、黒板塀に囲まれた仕舞屋《しもたや》があった。

若い男は、仕舞屋を囲む黒板塀の木戸を潜った。
半次は見届けた。
野郎、掏摸《すり》だったか……。
半次は、黒板塀に囲まれた仕舞屋が掏摸の元締《もとじめ》、門跡前《もんぜきまえ》の駒蔵《こまぞう》の家だと知っていた。
若い男は、掏摸の元締、門跡前の駒蔵一家の掏摸なのだ。
駒蔵一家の若い掏摸が、どうして盗人の隙間風の五郎八の家を見張るのか……。
半次は、戸惑いを覚えながら黒板塀の仕舞屋を見張った。
黒板塀の木戸から老爺が出て来た。
掏摸の宇平《うへい》だ……。
半次は、老爺が老掏摸の宇平だと気が付いた。
宇平は、東本願寺前の通りを新寺町に向かった。
よし……。
半次は、老掏摸の宇平を追った。

金龍山《きんりゅうざん》浅草寺の境内は、参拝客や遊山《ゆさん》の客で賑わっていた。

盗人の隙間風の五郎八は、浅草寺の境内で権力を振《ふ》り翳《かざ》す武士や金に物を云《い》わせる商人を捜し、その屋敷に押し込んで金品を盗む自称義賊《ぎぞく》だ。

半兵衛と音次郎は、茶店の縁台に腰掛けて茶を啜りながら行き交う人々に隙間風の五郎八を捜した。だが、五郎八の姿は何処にも見えなかった。

「いませんね、五郎八の父っつあん……」

音次郎は眉をひそめた。

「うむ……」

半兵衛は頷いた。

盗人の隙間風の五郎八は、連雀町の小間物屋『淡雪堂』の娘おゆきの行方知れずに何らかの拘わりがあるのだろうか……。

半兵衛は、五郎八が連雀町の方から来たと云うのが気になっていた。

何《いず》れにしろ、本人の五郎八に聞くのが一番なのだ。

半兵衛は、行き交う人々の中に五郎八を捜した。

下谷広小路は、東叡山寛永寺《とうえいざんかんえいじ》や不忍池弁財天《べんざいてん》の参拝客で賑わっていた。

老掏摸の宇平は、不忍池の畔《ほとり》の茶店で茶を啜りながら行き交う参拝客を眺めていた。

半次は見守った。

宇平は、茶店の縁台に腰掛け、行き交う人を眺めながら茶を啜り、深々と溜息《ためいき》を吐《つ》いていた。

その様子に獲物を捜している気配は、窺えなかった。

よし……。

半次は、物陰を出て宇平のいる茶店に向かった。そして宇平の隣に腰掛けた。

「暫《しばら》くだな、宇平の父っつあん……」

「えっ……」

宇平は我に返り、半次に戸惑った眼を向けた。

「やあ、達者にしていたかい……」

半次は笑い掛けた。

「こりゃあ、半次の親分さん……」

宇平は、慌てて腰を浮かした。

「まあ。落ち着きな……」

半次は、宇平を縁台に座らせた。

「は、はい……」

宇平は、落ち着かない様子で辺りを見廻した。

掏摸が岡っ引と親し気に言葉を交わしているのを、同業者に見られると面倒なだけだ。

「俺に早く離れて欲しいなら、訊く事にさっさと答えるんだな」

半次は苦笑した。

「何ですかい……」

「門跡前の駒蔵一家に左頬に古傷痕《ふるきず》のある若いのがいるな……」

「えっ。ええ……」

宇平は頷いた。

「名前は……」

「喜八《きはち》……」

「喜八か……」

半次は、五郎八を見張っていた若い男を掏摸の喜八だと知った。

「はい。あの、喜八が何か……」

宇平は眉をひそめた。

「今、何をしているのかな……」

「お、親分……」

「今、喜八は何をしているんだ」

半次は、宇平を見据えた。

「元締の駒蔵の処におしまって大年増の掏摸がおりましてね……」

宇平は、冷えた茶を飲んで話し始めた。

「おしまって大年増の掏摸……」

半次は眉をひそめた。

「はい。そのおしまが駒蔵の仕事の邪魔をしましてね。それで駒蔵が怒り、おしまを殺そうとしたんですが。おしま、知り合いの盗人の力を借りて逃げ出し、姿を隠したんです」

宇平は、溜息混《ま》じりに告げた。

「おしまの知り合いの盗人、隙間風の五郎八かい……」

半次は読んだ。

「半次の親分……」

宇平は、戸惑いを浮かべた。

「そうなんだな」

「はい……」

宇平は頷いた。

「で、駒蔵は五郎八を見張り、おしまを見付け出せと喜八に命じたか……」

半次は睨んだ。

「はい。半次の親分、五郎八さんとは……」

「ちょいとした拘《かか》わりだよ……」

半次は苦笑した。

「そうでしたか……」

宇平は、半次と五郎八が親しい仲だと知り、微《かす》かな安堵《あんど》を過《よ》ぎらせた。

「で、宇平。おしまが邪魔をした駒蔵の仕事ってのは何だ……」

「そ、それは……」

宇平は、迷い躊躇《ためら》った。

「その仕事が分かれば、元締の駒蔵を獄門台《ごくもんだい》に送れるかもしれねえ……」

「獄門台……」

宇平は、半次に縋る眼を向けた。

「ああ。任せておきな……」

半次は笑った。

「半次の親分……」

「処で宇平。五郎八、おしまを何処に隠したのか知っているのか……」

「いいえ。そいつはあっしも……」

宇平は、首を横に振った。

「分からないか……」

半次は眉をひそめた。


北町奉行所前呉服橋御門の架かる外濠は、日本橋川に続いていた。

半次は、一人で茶店を出た後、外濠の堀端で再び宇平と落ち合い、日本橋川に架かっている一石橋の手前にある蕎麦屋に入った。

半次は、緊張した面持ちの宇平を連れて蕎麦屋の二階に上がった。

二階の座敷には、半兵衛が待っていた。

「やあ……」

半兵衛は、笑顔で迎えた。

「旦那、門跡前の駒蔵一家の宇平です」

半次は、半兵衛に宇平を引き合わせた。

「宇平かい。私は北町奉行所の白縫半兵衛だ。ま、一杯やりな……」

半兵衛は、宇平に猪口《ちょこ》を渡して酌をしてやった。

「こ、此奴《こいつ》は畏《おそ》れ入ります」

宇平は驚き、猪口を持つ両手を震わせた。

「宇平、女掏摸のおしま、元締の門跡前の駒蔵のどんな邪魔をしたんだ……」

半兵衛は、酒を飲みながら尋ねた。

「はい。駒蔵は堀田京次郎《ほりたきようじろう》って旗本の部屋住《へやず》みに、病で寝込んでいる堀田家当主で兄上、将監《しようげん》さまの飲む薬を毒薬と摺《す》り替《か》えるように頼まれ、医者から薬を買って帰る家来の懐《ふところ》を喜八って掏摸に狙わせたんです。ですが、おしまがそいつの邪魔をしたそうでして……」

宇平は告げた。

「おしま、どうして邪魔をしたんだい」

半兵衛は尋ねた。

「そいつは分かりません……」

宇平は首を捻った。

「そうか。で、駒蔵が怒り、おしまを殺そうとしたので、五郎八が助けて何処かに匿《かくま》ったか……」

半兵衛は読んだ。

「はい。白縫さま、どうか、おしまを助けてやって下さい。お願いです」

宇平は、半兵衛に頭を下げて頼んだ。

「旦那、こいつは……」

半次は眉をひそめた。

「うむ。どうやら旗本の堀田家のお家騒動が絡《から》んでいるようだな」

半兵衛は読んだ。

「ええ。ですが旦那、あっしたちは今、小間物屋淡雪堂のおゆきを……」

半次は、戸惑いを浮かべた。

「半次、私は五郎八が淡雪堂のおゆきの行方知れずに拘わっているように思えてね」

半兵衛は告げた。

「五郎八の父っつあんが、おゆきの行方知れずに……」

「うむ。して、宇平。おしまが五郎八と逃げたのはいつだ……」

半兵衛は尋ねた。

「はい。確か、六日前になりますか……」

宇平は告げた。

「六日前か。おゆきが行方知れずになる前だな……」

半兵衛は、手酌で酒を飲んだ。

「ええ……」

半次は頷いた。

「白縫さま……」

宇平は、半兵衛に縋る眼を向けた。

「うむ。宇平、私も出来る限りの事はする。お前は門跡前の駒蔵から眼を離すな」

「は、はい……」

半兵衛は命じた。

宇平は頷いた。

「よし、半次。音次郎と一緒に五郎八捜しを頼む……」

半兵衛は、小さな笑みを浮かべた。

小間物屋『淡雪堂』は、大戸を閉めて静寂の中に沈んでいた。

「どうぞ……」

お内儀のおまちは、半兵衛に茶を差し出した。

「うむ。忝い。して、その後、おゆきからの報せはないか……」

半兵衛は尋ねた。

「はい。何もございません……」

父親の伝兵衛は、窶《やつ》れた面持ちで告げた。

「そうか。して、伝兵衛、おまち。知り合いにおしまと云う名の女はいないかな」

半兵衛は、伝兵衛とおまちを見据えた。

「おしま……」

伝兵衛は眉をひそめた。

おまちは、微かな動揺を過《よ》ぎらせた。

「うむ。知り合いにいないかな……」

「存じません……」

おまちは、微かに声を震わせて俯《うつむ》いた。

「知らない……」

「はい。手前もおしまさんと仰《おつしや》る女の人は知りません」

伝兵衛は、おまちに続いた。

「そうか。知らないか……」

「白縫さま、そのおしまさん、おゆきの行方知れずと拘わりがあるんですか……」

伝兵衛は、半兵衛に探るような眼を向けた。

「いや。未だ何とも云えないが、おしまと申す女、本当に知らないのだな」

半兵衛は、念を押した。

「は、はい。存じません……」

伝兵衛は、俯いているおまちを一瞥し、硬い面持ちで頷いた。

知っている……。

伝兵衛とおまち夫婦は、おしまを知っていて隠しているのだ。

半兵衛の勘が囁いた。

「そうか。知らぬか……」

「はい……」

伝兵衛は頷き、項垂《うなだ》れた。

伝兵衛とおまちは、何故におしまの事を知らぬと嘘《うそ》を吐《つ》くのか……。

そして、おしまが女掏摸だと知っているのか……。

半兵衛は、伝兵衛とおまち夫婦が必死に嘘偽《いつわ》りを吐く理由が知りたかった。

半次は、浅草寺境内で音次郎と合流して隙間風の五郎八捜しを続けた。

「二日に一度は浅草寺に来ていた五郎八の父っつあんが来ちゃあいないってのは、やっぱり妙ですね」

音次郎は眉をひそめた。

「うん。来る途中に元鳥越の父っつあんの家を覗いて来たが、相変わらず戸を閉めたままで、帰って来ている様子はないようだ」

半次は告げた。

「そうですか。あっ、仁助《にすけ》の野郎だ……」

音次郎は、行き交う人々の中にこそ泥の仁助を見付け、追い掛けた。

半次は続いた。

「こりゃあ、音次郎の兄い。半次の親分さん……」

こそ泥の仁助は、人懐《ひとなつ》っこく笑った。

「おう、仁助。お前、隙間風の五郎八の父っつあん、見掛けなかったか……」

音次郎は訊いた。

「五郎八の親方ですか……」

「ああ……」

「見掛けましたよ」

仁助は、事《こと》も無《な》げに云い放った。

「見掛けた、何処で……」

音次郎は、仁助に詰め寄った。

下谷広小路上野《うえの》北大門町《きただいもんちょう》に小間物問屋『紅屋《べにや》』はあった。

半兵衛は、小間物屋『淡雪堂』が行商の頃から小間物問屋『紅屋』から品物を仕入れていると知り、訪れた。

「はい。連雀町の淡雪堂さんは、行商をしていた頃から手前共の品物を扱ってくれておりますが……」

老番頭は、半兵衛の訪問に微かな戸惑いを滲ませた。

「行商の頃の伝兵衛おまち夫婦、どんな風だったかな……」

「そりゃあもう、夫婦揃《そろ》って真面目な働き者でした……」

老番頭は、伝兵衛おまち夫婦を誉《ほ》めた。

「そうか。その頃は一人娘のおゆきも未だ幼くて大変だっただろうな」

半兵衛は感心した。

「ええ。おゆき坊は三歳ぐらいの時、伝兵衛さんとおまちさんの処に来ましてね。目鼻立ちのはっきりした可愛い子で、伝兵衛さんとおまちさんに直《す》ぐに懐《なつ》いて、そりゃあもう、可愛がっていましたよ」

「番頭、おゆきが伝兵衛とおまちの処に来たってのは……」

半兵衛は眉をひそめた。

「あれ、白縫さま。おゆき坊は、貰《もら》い子《ご》なのを御存知じゃあ……」

老番頭は、戸惑いを浮かべた。

「貰い子……」

半兵衛は驚いた。

三

連雀町の小間物屋『淡雪堂』の一人娘のおゆきは、伝兵衛おまち夫婦の実子ではなくて貰い子だった。

半兵衛は知った。

「して、番頭。おゆきの実の親が何処の誰か知っているか……」

半兵衛は身を乗り出した。

「いえ。そこ迄は……」

老番頭は、首を捻った。

「そうか、知らぬか……」

「はい……」

「ならば番頭、伝兵衛とおまち夫婦がその頃、住んでいた家は何処だ……」

「確かあの頃は、根津権現は宮永丁《みやながちょう》の長屋に住んでいたと思いますが……」

「長屋の名前は……」

「それが甚兵衛《じんべえ》長屋だったか、甚六《じんろく》長屋だったか……」

老番頭は、白髪眉《しらがまゆ》をひそめた。

「根津権現は宮永丁の甚兵衛長屋か甚六長屋だな……」

半兵衛は、根津権現前の宮永丁に行く事にした。


こそ泥の仁助は、下谷広小路の外れの山下で隙間風の五郎八を見掛けていた。

五郎八は、薬籠《やくろう》を提《さ》げた医者らしい老人と入谷《いりや》の方に向かっていた。

医者は、掏摸の元締・門跡前の駒蔵に殺されそうになった女掏摸おしまの手当ての為……。

半次と音次郎は睨み、鬼子母神《きしもじん》で名高い入谷に急いだ。


宮永丁は、根津権現門前町の隣にあった。

半兵衛は、宮永丁の自身番《じしんばん》を訪れた。

「ああ。それなら甚兵衛長屋ですよ」

自身番の店番《たなばん》は告げた。

「間違いないね……」

半兵衛は、念を押した。

「はい。此の町内に甚六長屋はありませんので……」

「そうか。で、その甚兵衛長屋に昔、伝兵衛とおまちと申す小間物の行商人夫婦が住んでいたのを知っているかな……」

半兵衛は、店番に尋ねた。

「昔ってのは、いつ頃ですか……」

店番は尋ねた。

「うん。十三年ぐらい前だ……」

「十三年ぐらい前。そんな昔なら私は未だ……」

店番は困惑した。

「そうか。ならば甚兵衛長屋の大家《おおや》に逢《あ》ってみるか……」

「あの……」

老番人が声を掛けて来た。

「何だい……」

「甚兵衛長屋に伝兵衛さんとおまちさん、住んでいましたよ」

老番人は告げた。

「そうか。住んでいたか……」

「はい……」

「よし。じゃあ、ちょいと甚兵衛長屋に案内して貰おうか……」

半兵衛は、老番人に笑い掛けた。

「伝兵衛さんとおまちさん、小間物を担いで朝から晩迄、良く働いていましてね。気の毒なのは、子供が授《さず》からないって事で……」

老番人は、半兵衛を甚兵衛長屋に誘《いざな》った。

「そうか……」

「あっ、此処《ここ》です……」

老番人は、古い長屋の木戸を指差した。

「此処が甚兵衛長屋か……」

「はい。ですが、白縫さま。十年以上も昔の事です。長屋の者たちも入れ替わり、当時の事を知っている者はいないかもしれません」

老番人は、申し訳なさそうに告げた。

「うむ……」

半兵衛は、木戸を潜って甚兵衛長屋に入った。

甚兵衛長屋に住んでいる者に、伝兵衛おまち夫婦を知っている者はいなかった。

「となると、甚兵衛長屋の大家に訊くしかないか……」

「白縫さま。甚兵衛長屋の当時の大家さんはもう亡くなっておりますが……」

老番人は、気の毒そうに告げた。

「亡くなっている……」

「はい……」

「そうか。じゃあ、その頃の伝兵衛とおまち夫婦が親しくしていた長屋の住人、分からないかな……」

「親しくしていた住人ですか……」

「うん……」

「さあて……」

老番人は、白髪眉をひそめた。

「伝兵衛おまち夫婦は、甚兵衛長屋に住んいる頃に三歳程の女の子を貰い子したのだが、知っているか……」

半兵衛は、老番人に尋ねた。

「はい。覚えております……」

老番人は頷いた。

「その女の子、何処の誰の子か知りたくてね」

半兵衛は、老番人を見詰めた。

「ああ。その子なら伝兵衛さんとおまちさんの家の隣に住んでいたおしまさんって人の子供ですよ」

老番人は告げた。

「おしまの子供……」

半兵衛は眉をひそめた。

「はい。伝兵衛さんとおまちさんが貰った子の母親は、不忍池の畔の料理屋で仲《な》居《い》をしていたおしまさんって人ですよ」

「そうか。おゆきの実の母親はおしまだったか……」

小間物屋『淡雪堂』の娘おゆきと、女掏摸のおしまが結び付いた。

半兵衛は、小さな笑みを浮かべた。

入谷鬼子母神の境内には、遊ぶ幼子たちの笑い声が響いていた。

半次と音次郎は、一帯に怪我をした大年増と付き添う老爺を捜した。だが、おしまと五郎八は容易に浮かばなかった。

鬼子母神の大銀杏《おおいちょう》は、梢《こずえ》の葉を夕陽に煌《きら》めかせた。


囲炉裏の火は、蒼白い炎を躍《おど》らせた。

「そうですか。おゆきはおしまの産んだ子だったのですか……」

半次と音次郎は知った。

「うむ。おゆきは三歳の時、伝兵衛おまち夫婦に貰われ、一人娘として育てられた」

半兵衛は告げた。

「おゆき、自分が伝兵衛おまち夫婦の実の子じゃあなく、貰い子だと気が付いていたんですかね」

半次は首を捻った。

「おそらく気が付いていたと思うよ……」

半兵衛は睨んだ。

「そいつは、伝兵衛おまち夫婦から聞いたのか、それとも他の何かから……」

「おそらく、他の何かからだろうな」

半兵衛は読んだ。

「そうですか……」

「五郎八の父っつあんも知っていたんですかね」

音次郎は眉をひそめた。

「おしまの古馴染《ふるなじみ》だ。おそらく知っていたのだろうな」

「じゃあ、まさか五郎八の父っつあんが、死に掛けているおしまに実の娘のおゆきを一目逢わせてやりたくて、勾引しを……」

音次郎は眉をひそめた。

「勾引したかどうかは分からないが、おしまにおゆきを逢わせてやりたかったのだろうな」

半兵衛は、五郎八の胸の内を推《お》し量《はか》った。

「きっと……」

半次は頷いた。

「何《いず》れにしろ、おゆきはおしまや五郎八と一緒にいる……」

半兵衛は微笑《ほほえ》んだ。

「ええ……」

「よし。掏摸の元締の門跡前の駒蔵もおしまと五郎八を追っている。奴らより先におしまと五郎八を見付け出すんだ」

半兵衛は、厳しい面持ちで告げた。

「はい……」

半次と音次郎は頷いた。

「そして、駒蔵が旗本堀田京次郎と企《くわだ》てている事を突き止め、叩き潰してくれる」

半兵衛は、冷ややかに云い放った。

蒼白い炎は、囲炉裏で躍《おど》り続けた。

小間物屋『淡雪堂』の娘おゆきは、おしまや五郎八と入谷の何処かにいる……。

半兵衛は、半次や音次郎と入谷一帯におしまと五郎八、おゆきを捜した。

入谷は鬼子母神の横手を抜けると庚申塚《こうしんづか》があり、田畑の緑が広がっていた。

半兵衛は、庚申塚の傍に佇《たたず》み、微風《そよかぜ》に揺れる田畑の緑を眺めた。

「旦那……」

半次と音次郎が駆け寄って来た。

「どうだ……」

「駄目ですねえ……」

半次は、肩を落とした。

「あっしの方も駄目でした……」

音次郎は、詫《わ》びるように告げた。

「そうか。私の方もだよ」

半兵衛は苦笑した。

おしまと五郎八、おゆきのいる処は、容易に見付からなかった。

「旦那、親分……」

音次郎は、田畑の間の田舎道《いなかみち》を足早に行く十徳《じっとく》姿の老人を指差した。

「あの年寄りがどうかしたか……」

半次は眉をひそめた。

「手に提げているのは、ひょっとしたら薬籠じゃありませんかね」

音次郎は、十徳姿の老人の提げている四角い箱を示した。

「ああ。医者かもしれないな……」

半兵衛は頷いた。

「旦那……」

半次は、おしまを診察に行く町医者だと読んだ。

「うむ。半次、音次郎、あの十徳姿の年寄りを追うよ」

半兵衛は、半次の読みに頷いた。

「承知……」

半次と音次郎は、田舎道を足早に行く十徳姿の老人を追った。

半兵衛が続いた。

十徳姿の老人は、薬籠を提げて田畑の間の田舎道を進んだ。

その足取りは、追われているかのように速かった。

行く手に木戸門があり、植木屋『植宗《うえそう》』の看板が掛けられていた。

十徳姿の老人は木戸門を潜り、様々な木々の植えられている畑の隅を通り、母《おも》屋《や》の裏手に廻った。

植木屋『植宗』の母屋の裏手には、二軒の古い家作《かさく》があった。

十徳姿の老人は、古い家作の一軒に足早に入って行った。


「来たぞ、五郎八……」

十徳姿の老人は、息を鳴らして土間に入って来た。

「遅いぞ、松庵《しょうあん》。早く来い……」

五郎八が、座敷から現れて怒鳴った。

「分かった。直ぐ行く」

松庵と呼ばれた十徳姿の老人は、慌てて草履《ぞうり》を脱いで框《かまち》に上がり、座敷に入った。

薬湯《やくとう》の匂いに満ちた座敷には、大年増が青ざめた顔で蒲団《ふとん》に横たわり、枕元に十六、七歳の娘が座り、看病していた。

「松庵先生、どうか、どうかおっ母さんを助けてやって下さい。お願いです……」

娘は、涙声で松庵に頭を下げた。

「う、うむ……」

松庵は、大年増の診察を始めた。

「心配するな、おゆきちゃん。こう見えても松庵は名医だ。なあ、松庵……」

五郎八は、娘をおゆきと呼んで励《はげ》ました。

「う、うむ……」

松庵は眉をひそめた。

「お、おゆき、いろいろありがとう。私はもう充分。淡雪堂の伝兵衛さんとおまちさんに親孝行するんだよ」

大年増は死相《しそう》を浮かべ、切れ切れにおゆきに語り掛けた。

「おっ母さん……」

おゆきは、泣いて大年増に縋り付いた。

「おしま、しっかりしろ、おしま……」

五郎八は、皺《しわ》だらけの顔を激しく歪《ゆが》めた。

「お世話になったね、五郎八さん。生まれ変わったら夫婦になろうね……」

おしまと呼ばれた大年増は、死相の浮かんだ顔に笑みを浮かべた。

「おしま……」

五郎八は、嗚咽《おえつ》を洩らした。

「おっ母さん……」

おゆきは泣いた。

おしまは微笑み、おゆきの手を握って息を引き取った。

「此迄《これまで》だ……」

松庵は、おしまに手を合わせた。

おゆきは泣いた。

五郎八は、おしまに手を合わせて立ち上がり、老いた顔に怒りを浮かべて土間に向かった。

「落ち着け、隙間風の五郎八……」

半兵衛が、半次や音次郎と土間にいた。

「半兵衛の旦那……」

五郎八は、立《た》ち竦《すく》んだ。

「掏摸の元締、門跡前の駒蔵の処に行く時は私たちも一緒だよ」

半兵衛は、五郎八に笑い掛けた。

「旦那……」

五郎八は項垂れた。

「よし。じゃあ、先《ま》ずはおゆきを連雀町の淡雪堂に送り届けるか……」

「旦那、おゆきちゃんの事を……」

五郎八は狼狽《うろた》えた。

「死に掛けているおしまに実の娘のおゆきを逢わせてやる。洒落《しゃれ》た真似をするじゃあないか、隙間風の……」

半兵衛は笑い掛けた。


夕暮れ時。

半兵衛は、おゆきを伴って小間物屋『淡雪堂』のある神田連雀町に向かった。

「おゆき、五郎八が現れた時には驚いただろう……」

半兵衛は笑い掛けた。

「はい。そして、おしまって死に掛けている女に逢ってやってくれと、五郎八さんが土下座《どげざ》をした時には、もっと驚きました」

おゆきは告げた。

「五郎八が土下座か……」

半兵衛は、神田川に架かっている昌平橋の袂《たもと》で立ち止まった。

「はい。白縫さま。私、死に掛けている女に逢ってやってくれと云われ、ああ、実のおっ母さんの事だと直ぐに分かりました……」

「知っていたのか……」

「はい。幼い頃、誰かが私を貰いっ子と呼び、おっ母さんとお父っつあんが鬼のように怒ったのを覚えていまして、何となく。でも、私は伝兵衛のお父っつあんとおまちのおっ母さんの子供。一人娘だと思っています」

おゆきは、夕陽に映《は》える神田川の流れを眺めた。

「うむ。伝兵衛とおまち、店の大戸を閉めて飯も満足に食べられずにいる」

半兵衛は告げた。

「もう、心配ばかりしているんだから……」

おゆきは苦笑した。

「年頃の娘が家に帰らないんだ、親が心配するのは当たり前だ……」

半兵衛は、おゆきに云い聞かせた。

「はい。何もかも話して、しっかり謝ります」

「うん。そいつが良いな……」

半兵衛は苦笑し、神田八ツ小路を連雀町に進んだ。

おゆきは続いた。


小間物屋『淡雪堂』の大戸は、夕陽に照らされていた。

半兵衛は、おゆきを伴ってやって来た。

「さ。お父っつあんとおっ母さん、心配して疲れ果てているぞ」

「はい。白縫さま。私、おしまさん、実のおっ母さんを看取《みと》る事が出来て良かった……」

おゆきは笑った。

「そうか…」

「五郎八さんにありがとうございましたと……」

「うむ。伝えるよ」

半兵衛は頷いた。

「お願いします。じゃあ……」

おゆきは、半兵衛に深々と頭を下げて小間物屋『淡雪堂』の裏、勝手口に続く路地に入って行った。

「お父っつあん、おっ母さん……」

おゆきの声が響いた。

半兵衛は微笑んだ。

四

囲炉裏の火は燃え、五徳《ごとく》に掛けられた鳥鍋は煮えた。

半兵衛は、おしまの埋葬《まいそう》を終えて帰って来た半次、音次郎、五郎八と鳥鍋を囲んで酒を飲んだ。

「さあて、五郎八。仔細《しさい》を話して貰おうか……」

半兵衛は、五郎八の湯飲茶碗に酒を注いでやった。

「畏れ入ります。あっしが死んだおしまから聞いた事をお話しします」

五郎八は、酒を啜って喉を潤《うるお》した。

「うむ……」

半兵衛は頷いた。

「掏摸の元締門跡前の駒蔵は、本郷に屋敷のある旗本堀田家の部屋住み京次郎に、長患《ながわずら》いで寝込んでいる堀田家当主で兄上の将監さまの薬を毒入りの薬と掏り替えるように頼まれましてね……」

「部屋住みの京次郎、兄の将監を殺して堀田家の家督《かとく》を狙っているか……」

半兵衛は苦笑した。

「ええ。で、駒蔵はおしまに医者から薬を買って帰る堀田家の家来の懐を狙うように命じたそうです」

五郎八の話は、門跡前一家の宇平から聞いた話と同じだった。

「して、おしまはどうしたのだ……」

「はい。おしまは、旗本家のお家騒動に拘わりたくないと、駒蔵の指図を断わりました。そうしたら、駒蔵の野郎、秘密を知った上に断わり、馬鹿にしやがったと、おしまを納屋《なや》に閉じ込め、殴る蹴るの袋叩きに……」

五郎八は、悔《くや》し気に顔を歪めた。

「五郎八。お前、おしまが痛め付けられているのをどうして知ったのだ」

「はい。門跡前一家の宇平さんって顔見知りが秘かに報せてくれましてね」

「宇平か……」

半兵衛は頷いた。

「はい。それで、あっしはおしまが閉じ込められている門跡前の駒蔵の家に忍び込んで……」

「おしまを助け出したのか……」

半兵衛は頷いた。

「はい。半死半生《はんしはんしょう》のおしまを。で、知り合いの入谷の植宗の家作におしまを連れて逃げ込んだんです」

五郎八は、吐息混じりに告げた。

「そうか。して、旗本堀田家はどうなっているのかな」

「さあ……」

五郎八は首を捻った。

「分からないか……」

「はい……」

「よし。ならば半次、音次郎、門跡前の駒蔵を見張れ……」

「心得ました」

半次と音次郎は頷いた。

「旦那、あっしも駒蔵を……」

「五郎八、お前は、私と本郷の旗本堀田家の様子を探るんだ」

半兵衛は告げた。

「ですが旦那、駒蔵はおしまの仇《かたき》……」

五郎八は、嗄《しやが》れ声を震わせた。

「心配するな、五郎八。駒蔵がおしまを死なせたのに間違いはない。必ずお縄にして獄門台に送ってやる……」

半兵衛は笑った。


東本願寺の前、門前町の裏通りに黒板塀に囲まれた掏摸の元締、門跡前の駒蔵の家はあった。

半次と音次郎は、物陰に潜んで見張りを開始した。

駒蔵の家の木戸門前を、老掏摸の宇平が掃除をしていた。

「宇平の父っつあんですか……」

音次郎は、掃除をする宇平を眺めた。

「ああ。もう何年も前に掏摸の足を洗っているが、若い頃は凄腕《すごうで》でな。財布を掏り取る処《ところ》はとても見破れなかったよ」

半次は苦笑した。

「へえ、そんな凄腕だったんですか……」

音次郎は感心した。

「ああ。凄腕の掏摸も寄る年波《としなみ》には勝てねえさ。おっ、喜八の野郎だ……」

半次は、駒蔵の家の木戸門を見詰めた。

喜八が木戸門から現れ、門跡前の通りに向かった。

「よし。俺が追う。此処を頼むぜ……」

「合点です」

音次郎は頷いた。

半次は、音次郎を残して喜八を追った。

音次郎は、駒蔵の家を見張り続けた。

本郷の旗本屋敷街には、物売りの声が長閑《のどか》に響いていた。

千五百石取りの旗本堀田屋敷は、表門を閉じて静寂に覆《おお》われていた。

半兵衛は眺めた。

「さあて、将監さまはどうなっているのか……」

五郎八は眉をひそめた。

「うむ。既に毒を盛られて殺されたのか、未だ生きているのか……」

斜向かいの旗本屋敷から下男が現れ、表門前の掃除を始めた。

「旦那、ちょいと訊いて来ます」

五郎八は、親し気な笑顔を作って下男に駆け寄った。

半兵衛は苦笑した。


浅草寺の境内は賑わっていた。

掏摸の喜八は、茶店で茶を啜りながら行き交う人を眺めていた。

半次は、物陰から見守った。

喜八は、五郎八を捜している……。

半次は読んだ。

喜八は、五郎八を捜し出し、おしまの居場所を突き止めようとしている。

おしまが死んだのも知らず……。

半次は苦笑した。

「そうか。当主の将監さまは未だ生きているか……」

半兵衛は頷いた。

「ええ。下男の話じゃあ、寝込んだままのようですが、随分と弱っているようですぜ」

五郎八は告げた。

「猶予《ゆうよ》はないか……」

半兵衛は読んだ。

「きっと……」

五郎八は、厳しい面持ちで頷いた。

「旗本は町奉行所の支配違い。門跡前の駒蔵を捕らえて何もかも白状させ、評《ひょう》定所《じょうしょ》に報せるしかないか……」

半兵衛は眉をひそめた。

一刻半（三時間）が過ぎた。

掏摸の喜八は、五郎八が浅草寺境内に現れないと見定め、茶店を出た。

漸《ようや》く諦《あきら》めたか……。

半次は、喜八を尾行《つけ》た。


喜八は、浅草広小路を横切って蔵前の通りを浅草御門に向かった。

半次は尾行た。

喜八は、駒形堂の前を通って浅草御蔵前に進んだ。そして、浅草御蔵前、元《もと》旅籠町《はたごちょう》一丁目の角を西に曲がった。

西に曲がった先には、元鳥越町があって隙間風の五郎八の住む長屋がある。

五郎八の家に行くのか……。

半次は読み、喜八を追った。


半次の読みの通り、掏摸の喜八は元鳥越町の長屋の五郎八の家を訪れた。

五郎八はいない。

喜八は見定め、腹立たし気に腰高障子を蹴飛ばし、長屋を出て新堀川に向かった。

半次は尾行た。

喜八は、新堀川に出て川沿いの道を北に進んだ。

北に進めば東本願寺の前に出る。

喜八は駒蔵の家に戻る……。

半次は読み、喜八の後を追った。


東本願寺の鐘が申《さる》の刻七つ（午後四時）を報せた。

音次郎は、掏摸の元締門跡前の駒蔵の家を見張り続けた。

「どうだ……」

半兵衛が、五郎八と一緒にやって来た。

「はい。元締の駒蔵はいますが、手下の喜八が出掛けたので親分が追いました」

音次郎は告げた。

「そうか……」

半兵衛は頷き、駒蔵の家を眺めた。

「旦那……」

五郎八は、微かな焦りを滲ませた。

「旦那。喜八です……」

音次郎は、新堀川の方から来る喜八と半次を示した。

半兵衛と五郎八は、駒蔵の家に入って行く喜八を見届けた。

「旦那……」

半次が、駆け寄って来た。

「おう……」

「喜八の野郎、浅草寺から元鳥越、五郎八の父っつあんを捜し廻ってましたよ」

半次は苦笑した。

「喜八の野郎……」

五郎八は、怒りを滲ませた。

「旦那。踏み込みますか……」

半次は、半兵衛の出方を窺った。

「旦那、親分……」

音次郎が、駒蔵の家を示した。

羽織を着た痩せた老人と喜八が、宇平に見送られて黒板塀の木戸門から出て来た。

「駒蔵……」

五郎八は、羽織を着た痩せた老人を憎悪を浮かべて睨み付けた。

「奴が門跡前の駒蔵か……」

半兵衛は、羽織を着た痩せた老人を見詰めた。

「ええ。出掛けるようですね」

半次は読んだ。

「うむ……」

半兵衛は頷いた。

駒蔵は、喜八をお供にして東本願寺前から新寺町に向かった。

誰かと逢うのかもしれない……。

半兵衛の勘が囁いた。

「よし。追うよ……」

「じゃあ、あっしが先に……」

音次郎は、駒蔵と喜八を追った。

半次、半兵衛、五郎八が続いた。

不忍池は西日に煌めいた。

駒蔵と喜八は、不忍池の畔を進んだ。

音次郎は尾行た。

駒蔵と喜八は、不忍池の畔を進んで料理屋『葉月』の暖簾《のれん》を潜った。

音次郎は見届けた。

「どうだ……」

半次が、半兵衛や五郎八と駆け寄って来た。

「料理屋葉月に入りました……」

音次郎は、暖簾を揺らしている料理屋『葉月』を示した。

「さあて、誰と逢うのか……」

半兵衛は眉をひそめた。

「ちょいと訊いて来ます」

半次は、料理屋『葉月』の下足番を示した。

「ああ……」

半兵衛は頷いた。

半次と音次郎は、料理屋『葉月』の下足番に駆け寄った。

「今、入った痩せた旦那と若いの、誰かと待ち合わせかな……」

半次は、下足番に小粒《こつぶ》を握らせた。

「えっ。痩せた旦那と若いのは、堀田ってお旗本と……」

下足番は、小粒を握り締めた。

「堀田……」

半次は眉をひそめた。

「そうか。駒蔵と喜八、堀田京次郎と逢っているのか……」

半兵衛は眉をひそめた。

「きっと……」

半次は頷いた。

「どうせ。悪さを企んでいるんですぜ」

五郎八は、吐き棄てた。

「よし。半次、音次郎。駒蔵と喜八、出て来た処をお縄にするよ」

「ですが、掏摸は現場を押さえなければ……」

半次は眉をひそめた。

「半次、お縄にするのは、おしま殺しでだ」

半兵衛は笑った。


一刻（二時間）が過ぎた。

駒蔵と喜八が、料理屋『葉月』から若い武士と一緒に出て来た。

半兵衛が現れた。

「何だ、おぬしは……」

若い武士は咎《とが》めた。

「私は北町奉行所の白縫半兵衛。堀田京次郎さん、此から門跡前の駒蔵と手下の喜八をおしま殺しでお縄にする。邪魔立ては無用……」

半兵衛は、冷笑を浮かべて云い放った。

「何……」

駒蔵と喜八は狼狽えた。

半次と音次郎が現れ、背後を塞《ふさ》いだ。

「おのれ。退《ど》け、不浄役人……」

堀田京次郎は、半兵衛に斬り掛かった。

半兵衛は、僅かに腰を沈めて抜き打ちの一刀を放った。

堀田は、腕を斬られて刀を落とし、怯《ひる》んだ。

「邪魔立て無用と云った筈だ……」

半兵衛は冷笑した。

「神妙にしやがれ……」

半次と音次郎は、十手を翳《かざ》して駒蔵と喜八に迫った。

「煩《うる》せえ……」

駒蔵は、半次の手を振り払った。

「嘗《な》めるんじゃあねえ」

半次は、駒蔵を殴り倒した。

五郎八が現れ、倒れた駒蔵を蹴飛ばした。

「駒蔵、おしまの恨みだ……」

五郎八は、駒蔵を蹴飛ばし続けた。

音次郎は、逃げようとした喜八に飛び掛かり、十手で容赦なく滅多打ちにした。

喜八は、鼻血を飛ばして悲鳴を上げた。

「おしまの仇……」

五郎八は、涙と鼻水で老いた顔を濡らして駒蔵を痛め付けていた。

「父っつあん、そこ迄だ」

半次は、駒蔵を殴り蹴り続ける五郎八を止めた。

五郎八は、肩で激しく息を吐きながら嗚咽を洩らした。

「堀田京次郎さん、駒蔵が何故、おしまと云う女を殺したのか、その理由を問《と》い質《ただ》し、評定所に報せる。もう、馬鹿な真似は止めて、首を洗って待っているんだな」

半兵衛は、冷たく云い放った。

堀田京次郎は、青ざめて立ち竦んだ。

「引き立てろ……」

半次と音次郎は、駒蔵と喜八を引き立てた。

「さあ、引き上げるよ、五郎八……」

半兵衛は、座り込んで嗚咽を洩らしている五郎八を立たせた。

不忍池は夕陽に染まった。

「うむ。して、掏摸の元締の駒蔵と手下の喜八をおしま殺しで捕縛《ほばく》したか……」

大久保忠左衛門は、筋張った細い首を伸ばした。

「はい……」

半兵衛は頷いた。

「よし。厳しく詮議《せんぎ》し、裁きを下そう」

忠左衛門は、細い首の筋を引き攣《ひ》らせて頷いた。

「はい。それから、此は駒蔵が自供した旗本堀田京次郎に頼まれた事にございます」

半兵衛は、駒蔵の口書《くちがき》を差し出した。

「うむ。直ぐに御目付に届けよう」

「はい。宜しくお願いします」

半兵衛は頷いた。

大久保忠左衛門は、掏摸の元締の門跡前の駒蔵と手下の喜八を死罪に処し、獄門台に送った。

果てた。

旗本の部屋住みの堀田京次郎は、逐電《ちくでん》したが徒目付《かちめつけ》に追い詰められて切腹して果てた。

半兵衛は、一件の裏で起きた小間物屋『淡雪堂』の一人娘おゆき行方知れずの一切を公《おおやけ》にしなかった。

「世の中には、町奉行所の者が知らん顔をした方が良い事があるからね……」

半兵衛は笑った。

小間物屋『淡雪堂』の娘のおゆきは、伝兵衛おまち夫婦に孝養《こうよう》を尽《つ》くし、店を盛り立てて仲良く暮らした。

盗賊隙間風の五郎八は、掏摸のおしまの月命日の墓参りを欠かさなかった。

「五郎八の父っつあん、女には奥手《おくて》だったのかな……」

半兵衛は、五郎八の思わぬ純情さに苦笑した。

この作品は双葉文庫のために書き下ろされました。

双葉文庫

ふ-16-65

新《しん》・知《し》らぬが半兵衛手控帖《はんべえてびかえちょう》

古馴染《ふるなじみ》

2024年6月15日　第1刷発行

【著者】
藤井邦夫《ふじいくにお》

【発行者】
箕浦克史
【発行所】
株式会社双葉社
〒162-8540 東京都新宿区東五軒町3番28号
［電話］03-5261-4818（営業部）　03-5261-4868（編集部）
www.futabasha.co.jp（双葉社の書籍・コミックが買えます）
【印刷所】
中央精版印刷株式会社
【製本所】
中央精版印刷株式会社

【フォーマット・デザイン】
日下潤一

ISBN978-4-575-67203-9 C0193
Printed in Japan